LA CUL-SINGE

Un ouvrage publié sous la direction de
Élisabeth Samama

Fabien Vinçon

LA CUL-SINGE

roman

Éditions Anne Carrière

ISBN : 978-2-3808-2206-9

www.anne-carriere.fr

« Sous toute douceur charnelle un peu profonde, il y a la permanence d'un danger. »

Marcel Proust

1

L'âge de raison, les adultes employaient tous cette expression obscure à propos de mon prochain anniversaire. Une étape serait franchie, d'après ce que j'avais fini par comprendre, mes parents me feraient davantage confiance. Mais à cette époque j'eus aussi l'impression, pour la première fois, d'approcher une lumière dangereuse. La scène survint au printemps 1977. L'air était chargé de la fraîcheur d'une pluie qui venait de tomber en grosses gouttes éclaboussantes. Les semelles en caoutchouc de mes Kickers dansaient sur les trottoirs entre les flaques. Les moineaux avaient recommencé à gazouiller dès les premiers rayons du soleil, mes pensées étaient presque aussi légères. Ma grand-mère était venue me chercher à la sortie de l'école. Mince, les cheveux clairs et bouclés, le teint mat trahissant ses origines italiennes. Elle faisait vraiment jeune, presque au point de passer pour ma mère. Lorsque nous étions tous les deux, elle me glissait souvent que j'étais son petit-fils préféré. Une fois chez elle, j'entrais dans une bulle de confort, le monde balisé de son appartement douillet où rien ne pouvait m'atteindre. J'y trouvais la certitude d'être couvé, de me repaître de biscuits, d'Orangina et de Schweppes, de me gaver de fraises Tagada jusqu'à l'écœurement.

Ce jour-là, ma grand-mère se retourna dans la rue deux ou trois fois pour vérifier qu'il n'y avait personne qui puisse nous écouter, puis elle me murmura à l'oreille avec une voix pleine de gravité :

— Au cabinet, tu as vu que ton père s'enferme avec des femmes. Tu dois bien te demander ce qu'ils font. Quand ils sont seuls, ces dames se déshabillent devant lui. Puis, ils couchent ensemble.

Bien sûr, elle ne pouvait pas espérer mon adhésion immédiate. Elle garda les mêmes yeux noirs, le même visage livide et cruel tendu vers l'avant – l'offense incarnée – le temps que ses paroles se diffusent en moi. Je rentrai la tête dans les épaules, écrasé, puis glissai la main au creux chaud de sa paume.

— Tu n'étais pas au courant, mon pauvre chéri ? demanda-t-elle. Je suis vraiment désolée.

— Si, mamie, si, bien sûr, je savais. Surtout ne t'inquiète pas pour moi...

Je rougis, englouti par la gêne, quand un élève de ma classe m'aperçut à l'angle de la boulangerie donnant encore la main en dehors du passage piéton. Elle reprit :

— C'est pour ça que ton père t'interdit toujours d'entrer dans la salle de massage.

Je pris conscience du grand feu qui consumait ma grand-mère. Soudain, elle m'inspira de la pitié et je lui promis d'être son allié le plus loyal dans la famille. J'accueillis son drame à bras ouverts. À travers la vitrine d'une auto-école, il me parut qu'un énorme chien de montagne des Pyrénées nous fixait d'un œil oblique et volait à mon secours. Je ne l'avais encore jamais remarqué. Les fabuleuses proportions de cet animal, rapportées à l'espace confiné de l'échoppe, presque un aquarium, m'imposèrent la vision hallucinée d'un lion blanc, transformé aussitôt en gardien de notre secret.

Plus rien ensuite dans ma vie ne fut normal. Quand ma grand-mère me parlait de sa voix doucereuse, veillant à ce que personne ne nous écoute, les mêmes picotements envahissaient mes bras et remontaient dans mon cou comme des brûlures d'ortie.

2

Pendant l'hiver 2009, elle fit effraction dans ma vie une dernière fois. Après quinze ans de mariage et la naissance de trois enfants, j'étais devenu un homme d'expérience. Même s'ils me les balançaient sous le nez, les émotions des autres ne pouvaient plus me faire chavirer. J'avais appris à me défendre.

C'était un samedi matin, nous étions en plein aménagement d'un nouvel appartement plus spacieux. La joie, presque une douce ivresse, avait gagné nos enfants. Ils couraient en tous sens au milieu des cartons dans l'enfilade des pièces, excités par la découverte de leurs chambres. Cette fois-ci, chacun aurait la sienne. Ils piaillaient avec enthousiasme à propos de la couleur des peintures et des rideaux, de l'emplacement des lits, des posters et des photos qu'ils auraient le droit d'accrocher aux murs. J'avais téléphoné à mes frères pour partager nos premières impressions, ils se réjouissaient pour nous. La nouvelle s'était répandue dans la famille. Poussée par je ne sais quel vent, ma mère sonna vers midi, à l'improviste. Elle voulait profiter de la bonne humeur généralisée. Il me parut qu'il n'y avait qu'elle sur le palier jusqu'à ce que la réalité me saute aux yeux. Dans une traînée d'ombre se tenait ma grand-mère, un pas derrière sa fille.

Le sourire figé qui tentait de se maintenir sur le visage de ma mère continuait à dire : « Quel mal y a-t-il à s'arrêter en chemin pour bavarder un peu ? » Est-ce que ça se faisait de leur claquer la porte au nez ? Dans une certaine mesure, ces deux femmes gardaient toujours des droits sur moi. La banalité de la situation m'empêchait de croire que j'étais réellement confronté à ma grand-mère, débarquant au moment où je m'y attendais le moins.

Ma mère agita dans sa main un gros trousseau de clefs, espérant que ce simple geste entraînerait l'éclosion de mots. Pour lutter contre la plus totale confusion, je m'accrochai à la première injonction dérisoire, surgie dans le brouillard, à moins qu'il ne s'agisse d'un réflexe de survie : rester calme et poli.

Ma mère a un côté moine-soldat, elle croit aux anges, aux miracles et aux apparitions. Dans la Bible, les apparitions du Christ et de l'Archange provoquent ébranlements intérieurs et transes spirituelles, les apôtres sont transfigurés, leurs certitudes s'évanouissent. Les apparitions lavent les âmes, dessillent, font taire les haines les plus tenaces. Elles règlent tout. En imposant l'apparition de ma grand-mère, croyait-elle qu'un miracle se produirait ? Non, il serait malhonnête après coup de prétendre qu'elle avait calculé quoi que ce soit. Je la connais par cœur. Ma mère agissait sans réfléchir, avec maladresse et une forme de naïveté. La pensée magique la guidait toujours. Au fond d'elle-même, elle espérait un dérivé profane des apparitions bibliques. Elle imaginait sans doute que la dévotion aux parents, une des forces les plus puissantes de la foi, me mettrait à genoux, donnerait la primauté à l'enfant qui voulait toujours être pris dans les bras.

La stupeur me glaçait.

Elles restèrent dans le petit couloir du palier un temps incalculable, conversant par bribes murmurées, puis ma grand-mère franchit le seuil de notre appartement. Ma mère, ahurie, se taisait toujours. Où étaient ses paroles habituelles pour réchauffer l'ambiance ? La scène avait la puissance d'une vision, mais j'étais loin d'être touché par la grâce. Ma grand-mère serait toujours du mauvais côté. Son cœur n'abritait que des ténèbres, sans la moindre bonté. Je devinais ses joues glacées. Un sourire mécanique étirait sa peau brune et parcheminée, plissait son front jusqu'à la lisière du brushing. Son regard éperdu et vide, vieux de quatre-vingt-treize ans, passait à travers moi. La revenante n'était plus capable de rouler les yeux, de trépigner, de soupirer. Ses airs anciens avaient disparu, elle n'effraierait plus personne. Pourtant les visions terrifiantes de notre passé commun remontaient du fond de l'enfance pour me serrer entre leurs griffes.

Paralysées par l'embarras, les deux femmes n'osèrent plus bouger de l'entrée, attendant sans doute que je leur fasse faire le tour de notre nouvel appartement dont elles apercevaient les pièces principales par l'embrasure des portes. J'étais incapable d'articuler un mot ni d'esquisser un geste. Les éruptions au-dedans ne pouvaient plus être dissimulées. Ma mère me regardait avec des yeux ronds, pleins de détresse, mendiant une invitation à entrer. Nous étions tous deux sidérés, incapables d'énoncer quelque chose de cohérent. Cela dura de longues minutes d'un silence obtus. L'évidence était mise en lumière : nous n'avions jamais pu nous comprendre.

Moi, j'étais apostat. Pour ces deux femmes, l'ordre des choses était d'abord voulu par Dieu, gravé sur les Tables de la Loi. Quatrième commandement : « Tu honoreras ton père et ta mère. » Sont-ils honorables ? Alors que mon cerveau était sur le point d'éclater, j'entendis une petite voix me dire : « Fuis, fuis, file sans te retourner ! » Comme suivi par une Steadicam dans le travelling d'un film d'épouvante, je me mis à courir, serpentant entre les cartons de déménagement, pour me réfugier au fond de l'appartement, dans la plus petite chambre.

Cette visite n'en fut pas une vraie. Même en vie, ma grand-mère restait un fantôme. Je m'étais échappé pour sauver ma peau. Vite, il fallait qu'elles sortent de notre existence, qu'elles quittent notre bel appartement. Une peur enfantine m'avait saisi. J'avais trente-neuf ans. Mes lèvres tremblaient, je n'arrivais jamais à exprimer clairement mon rejet, ni à crier, encore moins à me mettre en colère d'une manière légitime.

Au bout de quelques instants, j'ai su au discret cliquetis de la serrure qu'elles avaient tourné les talons. Il m'était impossible d'exprimer à quel point je haïssais ma grand-mère à ce moment-là. Nous nous étions pourtant aimés comme personne. Il n'y avait jamais eu la moindre cohérence dans sa conduite, pas même la dignité la plus élémentaire. Sautes d'humeur et pulsions la conduisaient toujours à commettre des actes insensés.

En principe, je ne devais plus la revoir, jusqu'à la tombe. Nous nous étions déjà dit adieu. Je lui avais tout déballé, droit dans les yeux, cinq ans plus tôt. Plus question de nous parler, ma décision était irrévocable. Pourtant ce samedi matin, quand elle força notre porte, ce fut bien plus désastreux que tout ce que j'avais imaginé.

3

L'année de mes trente-cinq ans, j'avais fait une croix sur les grandes vacances à Royan. Pour la première fois depuis ma naissance. Royan était le fief estival de ma famille, mais il était hors de question que je renonce au serment que je m'étais fait : ne plus jamais la revoir. Pendant trois semaines, je ne reçus pas le moindre signe de ma mère. Je la privais pourtant de ses petits-enfants, je m'attendais au moins à des questions. J'essayais d'interpréter son silence opaque et cette fois-ci le vide m'était insupportable. J'endurais la cruauté de son silence. Elle était sans doute persuadée de m'avoir à l'usure, et parfois je pensais qu'elle avait raison : je craquerais, je ne tiendrais pas la distance. En Suède, cet été-là, il me fut plus douloureux que les autres étés d'être au contact de la famille gaie et unie de ma femme et de n'être plus relié de mon côté à quelque chose d'harmonieux que j'aurais voulu comparable. La sensation de déséquilibre, de précipice, était insupportable. Je guettais constamment un signe de ma mère. J'étais prêt à céder pour en finir avec cette histoire.

Peu à peu, l'attente ruina mes espoirs. Mes deux frères, les piliers immuables de ma vie, ne m'appelèrent pas. Je ne pus m'empêcher de penser qu'ils avaient basculé de son côté, c'est-à-dire contre moi, dans le camp du déni. Au fond, rien ne justifiait mon entêtement. Nous essayions tous de raccommoder les liens. Je ne pouvais pas rester à moi seul la blessure béante de la famille, c'était d'un égoïsme puéril.

Et puis, marchant le long des plages de galets de la côte suédoise, face aux falaises de granit rose couronnées du vert tendre des pâturages de Scanie, je mûris ma décision. Après tout, je pouvais vivre sans plus avoir de contact avec ma mère, s'il le fallait vraiment. La peur de lui faire de la peine était surmontable. Quelque chose de mort prendrait place peu à peu entre nous deux. Une trêve, un autre silence, triste et résigné.

Souvent, mes pensées manquaient de cohérence : est-ce que j'espérais encore que ma mère me préfère à ma grand-mère ou voulais-je juste éviter d'être rejeté par ma famille, privé de mes souvenirs d'enfance ?

À la fin de l'été, ma mère téléphona chez nous et demanda ses petites-filles. J'avais peur qu'elle ne contourne ma décision, qu'elle arrange dans mon dos un goûter chez ma grand-mère. Mais en septembre, il était déjà question de l'organisation de Noël. Ma reddition était peut-être en vue, ma mère rêvait d'une grande réconciliation autour du sapin et de la naissance du Christ sous une pluie d'eau bénite. Cette fois-ci, elle passait par les enfants, prétextant qu'ils seraient perturbés et malheureux de ne pas se sentir entourés de la famille au grand complet, toutes les générations main dans la main. Je bouillonnais à l'intérieur. En un mot, je serais le pire des salauds de ne pas prendre en considération l'intérêt supérieur de mes enfants. Je devais me sortir de ce piège.

Tant de mails furent échangés pendant l'automne belliqueux qui suivit ! Nous trompions notre douleur dans une frénésie de détails absurdes à régler. Sa belle-fille ferait-elle la même bûche glacée que l'année précédente ? Prendrions-nous les mêmes huîtres ? Irions-nous encore à la messe de minuit ? Les souvenirs se rappelaient maintenant à nous avec une ferveur excessive. Au réveillon précédent, mon frère s'était déguisé dans sa voiture et avait attendu notre retour de la messe des familles pour frapper à la porte avec la grosse voix caverneuse du Père Noël, un sac postal sur l'épaule. La surprise avait provoqué chez mes filles des cris de terreur mêlés de joie. C'était un bonheur mis en scène, sans doute conventionnel, mais qui m'avait plu. Maintenant j'avais l'impression de tout gâcher, cette union sacrée, cette harmonie, ce respect de la tradition familiale. J'étais le pire égoïste du monde. Je me détestais.

À moins que je réussisse à rallier les autres à ma cause ! Il fallait leur faire admettre que je n'exagérais pas, que j'avais failli y laisser ma peau.

Ma mère me harcela encore quelques jours de questions anodines : quelle heure pour le dîner, où trouver la rallonge qu'il faudrait ajouter à la table pour accueillir tout le monde. Flottait l'énorme omission qui aurait pu décider ou pas de ma présence. Ma grand-mère serait-elle parmi nous ? Je ne le demandai pas, je connaissais d'avance la réponse. Si je persistais à ne pas la revoir après des mois de silence, c'était moi l'acharné, l'intolérant, le dingue. Les torts étaient de mon côté. Comme j'avais dû répéter encore qu'il ne fallait pas penser à me voir assis à la même table que ma grand-mère, sa fille m'écrivit :

Mon chéri,

Il est évident que son état psychique s'est aggravé depuis que tu lui as dit que tu ne souhaitais plus la voir.

Je sais que les liens affectifs avec toi sont encore très forts et que ta grand-mère attendait une paix pour peut-être avoir encore une raison de vivre...

Pour en finir, nous avons décidé, ma femme et moi, d'organiser chez nous quelques jours avant la date fatidique un petit dîner anticipé de Noël. Dans un mouvement d'humeur, ma mère répondit immédiatement qu'elle ne viendrait pas. Puis nous avons échangé de nombreux mails fiévreux jusqu'aux heures les plus tardives de la nuit. Sans résultat.

Cinq Noëls consécutifs, l'assaut de la même montagne de chagrin nous obnubila. C'était notre Verdun, notre Chemin des Dames intime. Cinq années consécutives, je perdis la bataille face à ma mère qui préféra inviter ma grand-mère plutôt que son fils et sa famille.

Une seule solution m'apparut : fuir à l'approche des fêtes, le plus loin possible, à l'autre bout du monde si nous pouvions. La rupture dans la douceur. Partir pour quelque chose de mieux.

Nous avons passé un de ces Noëls dans la très catholique Sicile. Nous courions les églises et les processions, les crèches où les santons de taille humaine amusaient les enfants, nous admirions les cérémonies pleines de vénération latine. Le soir du 24 décembre, nous étions seuls dans un restaurant de Palerme, entourés de quatre serveurs mâles d'âge mûr qui n'accédaient aux demandes de ma femme qu'après avoir reçu mon approbation maritale. Mais le plus beau de ces Noëls buissonniers se déroula en Égypte. Tant de souvenirs de ce voyage nous restent. Les tempêtes de rire lorsque notre petit garçon mimait Ramsès II, yeux révulsés, bouche entrouverte, doigts recroquevillés pour copier la raideur cadavérique de la momie. Nous avions remonté le

Nil à bord d'une felouque, quatre jours paresseux et contemplatifs à nous laisser pousser par le vent, à dormir dans de petites criques sauvages. À la proue de notre embarcation, nous respirions doucement l'air parfumé. La lenteur de la croisière nous apaisait, même les enfants s'abandonnaient couchés à plat ventre sur un matelas au milieu du navire ou occupés à jouer avec des marins nubiens aux visages émaciés. Des casinos flottants nous doublaient, nous laissant au milieu des barques de pêcheurs, aux filets tendus derrière elles. De part et d'autre du fleuve, les dunes s'étiraient à perte de vue. Plus près, il y avait le doux vert des roseaux, les fellahs absorbés dans les travaux des champs, puis le vert étincelant des palmiers et parfois l'alignement de petites maisons blanches en pisé couvrant les rives, surmontées de minarets.

Nous avions pris goût à la liberté. Il m'était devenu de plus en plus facile de justifier notre absence autour du sapin auprès de mon oncle et de ma tante, de mes cousins, de mes frères. Nous profitions des dix jours de vacances de fin d'année pour faire un long voyage en famille au bout du monde qu'il nous aurait été impossible de planifier à un autre moment. Par une sorte d'armistice, ma mère et moi donnions la même version officielle qui ménageait chacun.

Pendant les vacances de Pâques 2010, je décidai de me livrer à ma mère. J'étais prêt. Le silence ne pouvait pas être une solution vivable.

J'ai rédigé sur un coup de tête une courte lettre lui décrivant ma blessure, ce secret qui me dévorait, et je l'ai postée dès notre retour à Paris afin de m'en débarrasser le plus vite possible. J'avais besoin de m'expliquer, par honnêteté, et pour avancer. Mes phrases étaient sans fioritures et malheureusement glaçantes, surtout écrites dans l'urgence. Mais je n'étais pas entré dans les détails les plus pénibles à entendre pour elle. Bien sûr, j'étais très anxieux en imaginant sa réaction. La lettre expédiée, l'attente douloureuse commença. Je savais, d'après les heures de levée à la poste de Denfert-Rochereau, qu'elle recevrait mon courrier le lendemain après-midi.

Deux jours plus tard, je reçus une courte réponse de la main de ma mère – je l'ai détruite aussitôt. Elle se disait abasourdie et terriblement coupable. Elle avait pris deux somnifères, la veille au soir, pour essayer de dormir et d'oublier mes lignes ; elle m'écrivait aussi qu'elle aurait voulu avaler tout le tube de comprimés pour ne plus jamais se réveiller.

La semaine suivante, je l'ai rejointe dans un café. Je restai debout face à elle, recroquevillée sur la banquette, minuscule, cherchant ses mots. Je devais maintenir mes propos et, le cas échéant, être capable de lui donner tous les détails. J'imaginais qu'elle avait tenté de retrouver dans le lointain passé les signaux faibles, les messages qu'elle n'avait pas su distinguer. Cette activité mémorielle intense l'avait visiblement exténuée. Je ne savais pas si j'allais réussir à me contrôler, à m'exprimer calmement jusqu'au bout. À certains moments, il m'arrivait de la détester de toutes mes forces, avec une rage aveugle.

L'entrevue fut brève. J'avais la tête qui tournait, les larmes de colère me montaient aux yeux. Je n'avais pas pris le temps d'ôter mon manteau afin de lui montrer que je ne voulais pas m'éterniser. Et depuis cette rencontre si brève au café, depuis le surgissement de ce fragile fragment de vérité, nous n'en avons plus jamais reparlé. Moi, par peur de la peiner – même si je n'ai jamais cru qu'elle avalerait le tube de somnifères. Elle, parce qu'elle croit que les choses qu'on passe sous silence finissent par ne plus exister ou, encore mieux, qu'après un laps de temps on peut feindre qu'elles n'ont jamais existé.

À force d'anticiper les réactions de chacun, nous passions notre temps à nous protéger les uns les autres dans la famille, et finalement à nous taire. Je n'ai plus jamais osé la déranger avec cette histoire qui remontait à mon enfance. Elle savait. Et je savais qu'elle savait. Nous étions quittes.

Au moment où j'écris ces lignes, cela fait dix ans que nous n'en avons plus dit un mot. Nos cerveaux se sont refermés comme des caveaux où nous ne voulons pas descendre.

Je suis sorti de son ventre mais nous n'étions pas faits pour nous comprendre. Je dois être d'une nature bien curieuse pour elle, à toujours chercher ce qui n'a pas lieu de l'être, à douter de tout, à vouer un tel culte à la lucidité. De son point de vue, il n'existe pas d'autre vérité que ce que l'on croit. Pourquoi s'infliger l'épreuve de la rumination, d'une réflexion intense sur le sens complexe des choses ? Elle est et restera une vraie croyante, solide et légère, heureuse de vivre d'abord parce que Dieu le veut.

Les semaines passaient, ma mère se taisait encore mais je savais qu'elle voulait toujours me réconcilier avec ma grand-mère. D'une certaine manière, c'était son devoir chrétien, sa nouvelle croisade. Elle se battrait jusqu'au bout. Pourtant c'était absurde, elle n'ignorait plus que les actes qu'avait commis sa mère étaient impardonnables. Cette quête cependant s'étalerait sur des années, connaîtrait des rebondissements, traverserait des plaines d'accalmie et des montagnes de souffrance. Elle réactivait chez elle le plus puissant mécanisme de défense, celui mis en place quand mon père l'avait sommée de choisir entre sa mère et lui. Je m'élançais à l'assaut d'une forteresse de douleur et de folie. D'une certaine manière, en espérant me libérer, je réitérais l'histoire. Parfois, un optimisme insensé, un peu ridicule, s'emparait de moi. Ma mère me choisirait, lâcherait ma grand-mère et m'apporterait enfin son soutien et son affection. J'en faisais des rêves doux et chauds. La vérité et la bonté triompheraient comme à la fin d'un film, nos larmes se mêleraient. Une fois la parole libérée au sein de ma famille, tout irait bien. Au fond, c'était drôle, je ressemblais à ma mère : je croyais aux miracles et aux anges.

4

La première fois que je me suis fié à un grand homme pour me forger une opinion, j'avais six ans. En mars 1977, je me posais une question vraiment bizarre : Jacques Chirac aimait-il les pigeons ? Depuis que le voisin du dessus avait hurlé par la fenêtre qu'il fallait exterminer ces rats volants, je voulais savoir si le nouveau maire de Paris les protégerait ou s'il avait envie lui aussi de les massacrer. Les pigeons étaient des créatures inoffensives, pensais-je, du moins ceux que j'avais coursés sur le trottoir et qui se contentaient de s'envoler, ou ceux que le vieux clochard du square convoitait pour les manger avec des petits pois en boîte, même si je sursautais de dégoût en visualisant mentalement leurs pattes mutilées, les puces qui devaient pulluler entre leurs plumes grasses et luisantes. J'avais toujours l'esprit encombré de problèmes non élucidés, et l'impression que les autres enfants ne s'embarrassaient pas avec ces questions étranges. C'était sûr, Jacques Chirac saurait, lui, ce qu'il faudrait faire.

Toujours, je me fiais à des bribes de phrases captées à la table de mes parents pour déchiffrer le monde des adultes. Mon père s'exclamait : « Chirac en a dans le pantalon, il défend les professions libérales, les petits commerçants, les taxis, les gens qui bossent dur et qui n'ont pas volé leur argent ! » Au moment de la conquête de la mairie, une ou deux nuits de suite, mes parents avaient collé des affiches dans les rues du 13e arrondissement avec le concierge, un militant RPR pur et dur, une cigarette toujours allumée à la bouche. Ma mère et mes grands-parents maternels ne soutenaient pas Chirac avec la même ferveur que mon père, ils lui préféraient Giscard, plus encore Raymond Barre, réfléchi et distingué. Pour trancher la question sans appel, mon grand-père avait cité une des formules ultimes du grand Charles : « Chirac, il vaut mieux l'avoir devant que derrière ! » Parole d'évangile.

Un type qui tuerait père et mère pour réussir, c'était justement ce que mon père voulait dire par un mec qui en avait dans le pantalon. Il n'avait pas osé rétorquer, il avait simplement ajouté, peut-être à destination de ses fils : « Il sait ce qu'il faut faire pour gagner, c'est tout ce qui compte. »

Le corps de mon père, quoique plus petit, me semblait dans le prolongement de celui de Jacques Chirac, presque aussi bestial. J'adorais le voir torse nu au soleil à la campagne, il s'approchait de la vitre de l'atelier pour chercher son propre reflet, l'œil bichait en flattant le contour de ses larges épaules. Mon père contractait ses muscles, les faisait rouler, gonfler et dégonfler comme un hercule de fête foraine. Il bloquait sa respiration, rentrait le ventre puis éclatait de rire. Je me disais qu'il était le genre d'homme invincible et qu'il me serait impossible plus tard de lui ressembler. Avec nous, il se mettait souvent en scène. Aucun fils n'aurait pu rêver meilleur compagnon de jeu. Il se comparait à son idéal masculin : le comédien Jean Pâqui, alias le chevalier d'Orgeix. L'homme aux cent vies. Un grand cavalier, un mousquetaire, un Africain blanc, le garde du corps de Charles Maurras. Un acteur et aventurier monarchiste. Un trompe-la-mort, toujours en quête d'exploits légendaires. Je percevais le côté ridicule et factice de sa petite comédie, ce qui renforçait mon admiration. Je n'avais pas encore compris qu'il était resté un enfant, exigeant à chaque instant qu'on lui prête attention.

Je ne peux m'empêcher de rester pétri d'admiration et de gratitude à l'égard de mes parents, ceux que j'ai aimés en premier et le mieux connus. À certaines périodes de la vie, sans doute parce qu'en ce temps-là les enfants n'occupaient pas le centre de l'attention, les parents signifient tout. Chacun de leurs gestes semble avoir un sens sacré. Ils prennent absolument toute la place.

Mon père – le premier de ces amours absolus – portait toujours une anxiété ; il savait que ses beaux-parents auraient préféré que leur fille épouse un homme de leur milieu social mais il était bien trop gêné pour en parler ouvertement. Chez eux, il ne se comportait pas comme un membre de la famille à part entière mais en invité de passage, au maintien crispé, aux attitudes nerveuses, avec cette manie de fumer cigarette sur cigarette et cette façon de vouloir toujours rendre service avec un empressement exagéré.

Pourtant, s'il avait confié ses complexes, son beau-père les aurait sûrement pulvérisés d'un haussement de sourcils ; ce dernier était sans détour derrière une façade débonnaire, sûr de son fait, toujours absorbé dans la lecture du *Figaro* ou du *Point*. Un mur de papier qui ne laissait personne pénétrer dans le cercle de ses pensées intimes. Il se montrait allergique à toute manifestation de sensibilité et à toute forme d'effusion. La très faible part qu'il semblait accorder aux émotions pourrait le définir tout autant que le fait qu'il fleurait toujours bon l'eau de Cologne la plus raffinée. On m'avait raconté qu'il avait été sévère et colérique dans sa jeunesse mais, des emportements jupitériens qui avaient précédé ma naissance, il ne restait rien. Dieu d'ordre et de devoir, mon grand-père n'avait plus besoin de faire peur pour dominer moralement la famille. Flottant au-dessus de sa tête, le diplôme de la Légion d'honneur jouxtait la croix de guerre de son père, tombé dès les premiers mois de l'été 1914, une tragédie qui lui avait fait endosser l'habit noir de pupille de la Nation.

Au début, mon père avait été ébloui par ce solide beau-père dont il avait peu à peu gagné la confiance. L'homme établi lui faisait la courte échelle pour accéder à un monde un peu plus élevé que le sien, persuadé que son gendre s'épanouirait facilement dans la réussite et que, plein d'ambition, il maîtriserait rapidement les usages de son nouveau milieu : la classe moyenne supérieure. Dans les livres d'histoire et de sociologie, la fable des Trente Glorieuses voulait que des millions d'hommes et de femmes aient accédé au confort matériel sans grand effort. Mais il n'était jamais question de l'apprentissage des codes de la bourgeoisie, de cette adaptation rapide et incertaine pour des gens arrachés à la campagne ou à la classe ouvrière. Cette dépossession brutale de son milieu, mon père y avait aspiré de toutes ses forces !

À Royan, où mes parents s'étaient connus, mes grands-parents appartenaient au petit cercle des personnalités locales. Depuis que mon grand-père avait participé au titre de chef du service des dommages de guerre à la reconstruction de la cité bombardée, il jouissait d'un réel prestige parmi les notables du coin. Le souvenir de son influence demeurait intact : les sinistrés faisaient la queue devant son bureau, le suppliant de mettre leur dossier sur le haut de la pile ou manifestant contre le retard pris par les chantiers. Les situations de détresse humaine qu'il avait affrontées, l'avènement du béton armé qui permettait des prouesses techniques, des courbes inédites et une rapidité d'exécution sensationnelle, tout cela constituait une aventure professionnelle qui le remplissait d'orgueil et d'un soupçon d'arrogance. Comme tous les hauts fonctionnaires qui avaient vécu une ascension vertigineuse pendant l'après-guerre, il connut son apogée sous les présidences de Georges Pompidou et de Valéry Giscard d'Estaing.

Auréolé du prestige de ce ministère de la Reconstruction, plus tard converti en ministère de l'Équipement, mon grand-père eut le privilège, pendant les dernières années de sa longue carrière, de participer à la planification d'une ville nouvelle. Un mirage surgi au milieu des champs d'Île-de-France. Il se sentait plein du sentiment de puissance que conféraient de tels projets régaliens. Au sud de Paris, les propriétaires de centaines d'hectares de terres fertiles furent expropriés en quelques mois. La ville de l'avenir ne pouvait pas attendre ; on dessina des quartiers entiers, de larges avenues, un hôpital. La place centrale fut baptisée « Agora », une vaste esplanade à la sortie du RER où, après leur journée de labeur, les habitants du futur pourraient débattre des grands sujets de la vie publique comme les citoyens de l'antique Athènes. L'État faisait la promotion de la politique dans le sens le plus élevé du terme. Ce dernier projet de sa carrière, prestigieux et moderne, l'avait à jamais installé dans un confortable fauteuil seigneurial.

À ses côtés, mon père, Jacques Wynck, né Jacky, voulait monter quelques marches presque invisibles pour la plupart des gens dans l'ordre social. Il espérait se distinguer du peuple, gagner ce petit plus qui le placerait juste au-dessus des autres, mais il était incapable d'imaginer les vexations qui jalonneraient ce chemin, surtout pour un homme à fleur de peau. En acceptant que ses beaux-parents fassent jouer leurs relations, qu'ils paient les traites de sa première voiture, qu'ils règlent le loyer de son cabinet de kiné où il avait attendu des mois les rentrées d'argent, qu'ils lui permettent de jouir à volonté de leur maison de campagne, il avait laissé un piège se refermer sur lui. Pris dans un écheveau de dépendances et de responsabilités, le gendre contractait une dette exorbitante, et qui ne cessait de s'alourdir, envers ses bienveillants créanciers. À ses heures sombres, mon père se reprochait d'avoir tant désiré cet étouffement bourgeois.

L'arène politique restait le seul espace où le gendre et le beau-père pouvaient croiser le fer sans que cela prête à conséquence. Le chiraquisme fervent de mon père avait déclenché une belle dispute, quelques mois avant les confidences de ma grand-mère. Face à l'écran de télé, en plein mois d'août, ils regardaient le démissionnaire traverser à grandes enjambées la cour de l'hôtel Matignon. Mon père admirait toujours le côté bulldozer de Chirac. Il s'extasiait. Le seul Premier ministre de la Ve République qui avait osé claquer la porte ! Mon grand-père, qui respectait les institutions et les plus hautes autorités, usait d'injures comiques et châtiées. Il traitait Chirac de « zèbre », de « sauteur », répétait qu'on ne pouvait pas faire confiance à un « chien fou ». Claquer la porte comme ça sur un coup de tête, pour qui se prenait-il ? Ma mère essayait de réconcilier son père et son mari en leur répétant que ce différend n'était pas si grave puisqu'ils étaient tous les deux de droite, c'était l'essentiel. Mais mon père tenait à avoir le dernier mot. Coup de sang. Coup de poing sur la table. La peur de la zizanie familiale était toujours nichée en moi et perturbait mon sommeil.

— Quel sauvage ! dit ma mère en levant les yeux au ciel.

Pour remplacer Chirac, on avait choisi Raymond Barre, le « premier économiste de France », une tête bien faite, un homme pondéré. Sans blague.

— De toute façon, vous préférez toujours les intellectuels ! lâcha mon père, à bout de nerfs.

5

Ma grand-mère me gardait souvent. Il était convenu, depuis ma naissance, que je dorme chez elle tous les mardis soir. J'attendais notre rendez-vous le cœur battant. Le reste de la semaine, les bonnes d'enfants nous surveillaient comme de petits cabris, élevant la voix chaque fois que nous voulions sauter hors de notre enclos, nous aboyant des ordres sévères sans jamais croiser nos regards pour montrer la moindre indulgence tandis que ma grand-mère, d'une complète disponibilité, se mettait à ma hauteur dès que j'apparaissais. Elle tirait une malle en osier pleine de jouets de sa penderie. Elle s'accroupissait pour m'aider à assembler un petit chalet de bois, jouer au Cochon qui rit, plus tard à Docteur Maboul. Ensuite, tout en glissant dans une agréable torpeur, je prenais part à ses propres jeux et à ses mirages.

Elle rêvait de visons et de rivières de diamants. Elle adorait les menues tâches que requérait la décoration constamment révisée de sa maison de poupée. Par les soins minutieux apportés à son appartement, elle suggérait qu'ils étaient plus riches, son mari et elle, que dans la réalité. Les faux papyrus collés aux murs, les napperons de dentelle, les alignements de canards en étain, les répliques de fauteuils Louis XV recouverts de tissu parme, le contraste entre les fins rideaux de mousseline soulevés à la moindre brise et les lourds doubles rideaux en velours avec leurs galons, leurs cordons à glands d'or et les rossignols de soie qui y étaient épinglés, tout constituait un décor douillet. Même la cuvette des toilettes était recouverte d'un anneau de velours rose saumon. Dans cette bonbonnière, je me sentais bien. J'étais l'égal de ma grand-mère. Dans une délicieuse illusion, nous faisions front contre les adultes. Face au grand-père, impressionnant et austère, face au couple de mes parents.

Tous les week-ends, la famille se réunissait dans la maison de campagne de mes grands-parents. Une fermette en briques rouges, située le long d'une route boueuse à la sortie d'un patelin de Picardie. Sur le plateau du Santerre, une plaine à betteraves et à pommes de terre, un paysage rude, proche de Paris, traversé par l'autoroute du Nord. D'un mot d'enfant idolâtré par ma grand-mère, j'avais baptisé la propriété : la « Pocagne ». Quand ils l'avaient achetée en 1972, la partie habitable était réduite à un labyrinthe de minuscules pièces borgnes, une simple trappe permettait d'accéder au grenier qui n'était pas aménagé. C'était étriqué et mal agencé mais cela suffisait à combler les désirs de tout bourgeois prospère rêvant d'une résidence secondaire. Il n'y avait pas de chauffage central, une humidité tenace ruisselait sur les murs.

Avant le déclenchement du conflit qui influa sur tant de choses dans ma vie, mon père et ma grand-mère formèrent une équipe très efficace pour mener la rénovation tambour battant. Elle dirigeait les travaux avec entrain, sous ses ordres il était l'homme à tout faire : abattre les cloisons, isoler les combles et lambrisser le grenier. Tous ses week-ends y étaient consacrés. Même si la semaine avait été épuisante au cabinet de kiné, le beau-fils dévoué se levait tôt pour se mettre à la disposition de ses beaux-parents. C'était un échange de bons procédés. Tout le monde s'extasiait sur ses exploits de bricoleur, son adresse, sa force physique, notamment lorsqu'il avait fendu à coups de masse le vieux noyer imposant qui menaçait de s'effondrer sur la grange du fermier voisin.

Le samedi soir, attablés dans la cuisine, ils formaient toujours la même paire victorieuse à la belote. Clins d'œil appuyés de ma grand-mère, déchiffrage du jeu dans le reflet des lunettes, pressions discrètes du bout du pied de mon père, ils trichaient comme deux escrocs et adoraient ça. « Vous êtes terribles, tous les deux ! » tempêtait mon grand-père. Les rires de la belle-mère, trop aigus, un peu déments, s'élevaient à chaque blague grivoise du gendre : « Il faut appeler un chat un chat, et une chatte une chatte ! » Ce huis clos picard était taillé pour nous, il nous évitait de répandre nos histoires en public.

Grisé par l'aisance de ses beaux-parents, mon père se mua en gentilhomme campagnard. La fermette offrait le cadre idéal pour vivre son grand rêve aristocratique. « Il faut de la démesure, mettre sa vie en scène, il faut être théâtral sinon on s'ennuie à crever ! »

Avec ses gains du PMU, il acheta le cheval du fermier d'à côté, un pauvre trotteur fait à l'envers qui n'avait rien demandé, et son nouveau maître s'échina à le transformer en bête à concours. Pour selle, il acquit chez un brocanteur un bout de poutre au pommeau méchamment percé, l'antiquité d'un régiment de dragons d'époque napoléonienne, faisant souffrir le martyre à tout postérieur délicat. Pour obstacles, il peignit à la va-vite de longues branches et ajouta des bûches baptisées pompeusement chandeliers. Pour carrière, il investit le petit verger, slalomant dangereusement entre les arbres fruitiers sous l'œil inquiet de sa belle-mère qui craignait qu'il ne casse des branches et n'éparpille des fruits.

Des effluves nouveaux envahirent la cour de la fermette, le parfum entêtant de la graisse à cuir pour entretenir les harnachements, l'odeur âcre de la sueur de cheval quand l'écume lui ruisselait sur le poitrail, le fumet de la corne du sabot calciné les jours où le maréchal-ferrant nous rendait visite.

Mon père s'offrait parfois l'ivresse d'une chasse royale avec son lévrier, disparaissant au triple galop au milieu des champs de betteraves pour ne revenir qu'à la tombée de la nuit, crotté jusqu'aux yeux, un lièvre sanguinolent planqué sous son long pardessus à l'anglaise. Ce n'était pas encore suffisant. Il voulut à tout prix que son cheval saute et envisageait de le monter en concours hippique, mais le canasson, réformé des courses à Vincennes, n'était pas programmé pour ce destin glorieux. Épouvantée, prise dans la folie d'une ambition disproportionnée, la pauvre bête repassait au grand trot pour tenter de se rééquilibrer à l'abord de l'obstacle et finissait dans un effort désespéré par s'arracher du sol les quatre fers à la fois pour monter au ciel comme si elle franchissait un rideau de flammes. Nous en avions les larmes aux yeux de rire ou le souffle coupé de peur.

Frappé de démesure, mon père ne donnait pas seulement un spectacle ahurissant, il prétendait désormais qu'il fallait vivre en grand et ne parlait plus que par aphorismes claironnés à la moindre occasion : « Le monde se partage en deux : ceux qui vont à pied et ceux qui vont à cheval ! » Et à chaque toast de fin de banquet, verre levé et poitrine gonflée : « Par saint Georges ! À nos femmes ! À nos chevaux !

Et à ceux qui les montent ! » Dans le monde clos de la maison de campagne, son château, il était devenu une sorte d'écuyer héroïque, seul référent de l'art équestre. Don Quichotte sublime à nos yeux innocents. Mais quand il fit une démonstration de ses talents devant un cavalier professionnel, le verdict du maître tomba froidement :

— Si vous ne voulez pas vous tuer, vendez tout.

6

Il existe deux histoires parallèles de mon enfance : une chronique ouverte que j'ai esquissée. Et une autre occultée, vécue dans une relation exclusive avec ma grand-mère. Juste « elle et moi », sans témoin. Une version que je n'ai révélée à personne avant l'âge de trente-cinq ans. Les souvenirs ont eu du mal à émerger, à être éclaircis et pensés, le processus s'étale sur plusieurs décennies de ma vie. Dans la plupart des cas, je n'ai pas pu contrôler les flashs de mémoire ou les réminiscences. Ceci n'est qu'une tentative pour donner de l'ordre au chaos intérieur.

Je fus l'unique confident.

Ses désordres avaient commencé bien avant ma naissance. Elle a sans doute toujours été déséquilibrée et frustrée, mais personne n'y avait jamais accordé grande attention. Pour les hommes, il n'y avait aucun danger : son champ d'action était limité à la sphère privée, le monde domestique, celui des enfants. Dans mes premiers souvenirs, sa vraie nature était déjà aussi maquillée que son visage recouvert d'une épaisse couche de fond de teint. Elle ne portait pas son vrai prénom, cachait toujours qu'elle était née pauvre, d'un père immigré italien, qu'elle avait été orpheline très tôt.

Une allusion ou deux avaient laissé entendre qu'elle était « sortie du ruisseau » à l'âge de seize ans grâce à mon grand-père. Il l'avait rencontrée dans un patronage catholique de Saint-Étienne, épousée et « mise enceinte » à dix-neuf ans. Elle s'était embourgeoisée cahin-caha, au fil de l'ascension sociale de son mari. Après la guerre, ils avaient eu droit à une villa de fonction, à un jardinier, à un chauffeur. Tous frais payés par l'Administration. Elle avait appris à recevoir le préfet, l'évêque et le maire, à devenir une hôtesse modèle. Tout était faux dans son semblant de sophistication, mais le vernis pouvait faire illusion. Je me souviens qu'elle avait du mal à remplir un chèque de son écriture incertaine, ne conduisait pas, n'avait jamais vraiment travaillé, ayant essayé, longtemps avant ma naissance, de tenir une petite mercerie qu'elle aurait conduite à la faillite si son mari n'avait arrêté les frais à temps.

Son comportement immature avec les hommes était dérangeant depuis toujours. Même lors de banquets officiels, elle m'avait raconté qu'il y avait des hommes pour lui faire du pied, des clins d'œil, la frôler, la poursuivre de leurs assiduités. Elle s'inventait toujours des histoires insensées avec ceux qu'elle appelait les « cavaleurs » et qui devaient la juger, selon les termes de l'époque, comme une « allumeuse ».

Toute rencontre avec un homme semblait bonne pour qu'elle s'adonne à son jeu de séduction ambigu. Quand elle poussa la porte de l'établissement des Bains de mer à Royan, pendant l'été 1966, elle avait quarante-neuf ans ; elle faisait jeune. Le teint hâlé, mince, légèrement plus grande que les femmes de sa génération. Un jeune kiné, remplaçant pour l'été, prenait sa pause ; il fumait une cigarette, en profitait pour savourer la caresse du soleil qui scintillait sur la mer. Son regard se perdait sur la courbe de sable blond qui épousait l'estuaire. Des femmes en robes légères flânaient sur la promenade, leurs tailles se balançaient, vibraient. Certaines s'accoudaient au parapet.

Mon père se savait charmant, attirant avec des yeux bleu délavé qu'accentuaient des sourcils épais et des cheveux noir charbon. Son nez planté droit lui donnait un air insolent. Sa bouche était mince, fine, presque féminine. Il avait vraiment de l'allure. Il devait s'ennuyer à soigner de vieilles dames percluses de rhumatismes. Sur une photo, il apparaît fluet, en blouse blanche. Il n'avait que vingt et un ans. Un peu bègue, disait-on, susceptible, déjà si orgueilleux.

Lors de ce premier stage dans la région, il habitait une des petites villas tarabiscotées de la Belle Époque qui se dressaient autour de la plage du Pigeonnier, dans une chambre louée sous les toits, et il prenait la corniche à solex pour rejoindre le front de mer. Les jours de congé, il s'adonnait à la pêche en surfcasting dans les rouleaux de la pointe Espagnole. Il découvrit aussi les apéritifs au pineau des Charentes même s'il préférait toujours l'anisette Pernod. Il ne connaissait personne en dehors de ses collègues et des patients.

Un voyage au Liban, deux ans plus tôt, avait été le grand périple de sa vie. Deux semaines de mer depuis Naples, les remous du Nil à Alexandrie, à Beyrouth il avait séjourné auprès de sa sœur aînée. À Royan, c'était très différent, il était seul et se sentait libre. Pour la première fois de sa vie, libre d'aimer. S'il avait laissé derrière lui sa petite ville natale de la Sarthe, c'était par ambition. Il rêvait de briller, mais il n'avait aucun appui, il savait qu'il lui faudrait se battre. Seul l'instinct de survie le guidait. Il n'avait pas le droit de regarder en arrière.

Ma grand-mère eut le coup de foudre pour son futur gendre. Sans doute perçut-elle immédiatement sa vulnérabilité ? Une de ces romances qu'elle s'inventait débuta aussitôt. Elle lui dit qu'elle pourrait l'introduire dans la petite société locale, elle maîtrisait l'entre-soi royannais, les réceptions, les retrouvailles d'été. De vraies amitiés et d'autres où régnait la mesquinerie petite-bourgeoise. Il fallait savoir les distinguer. Elle voulait paraître une grande dame, passa-t-elle aux yeux de mon père pour une vieille coquette terrifiée à l'idée de vieillir ? Elle décida de le prendre sous son aile, lui faire découvrir la région, lui trouver des amis de son âge, lui présenter sa fille. Ses démonstrations de tendresse, gênantes, disproportionnées, surtout s'adressant à un parfait inconnu, pouvaient la faire passer pour empathique. Au passage, elle décrivit son mari, absorbé dans le travail, comme un « vrai bonnet de nuit ». Éclairée d'une lumière étrange et crépusculaire, ma grand-mère portait sur le visage une excitation sexuelle, presque un appel au secours charnel. Mon père s'en rendit-il compte ? Voulut-il en profiter un peu ? Je n'en sais rien. Mais pour ce qui était de la nature profonde de cette patiente qui en pinçait pour lui, il n'y vit que du feu.

Ma grand-mère présenta le jeune kiné à sa fille. Celle-ci finissait ses études dans une école d'ingénieur, une réussite dont peu de femmes pouvaient se targuer au milieu des années 1960. Les deux jeunes gens firent le tour de la corniche dans la voiture décapotable de ma mère, chaperonnés par ma grand-mère. Le jeu à trois s'instaura d'emblée. Mais par le hasard le plus fortuit, mon père et ma mère tombèrent sincèrement amoureux. Ce nœud complexe de relations qui se forma quatre années avant ma naissance constitua le cœur de la tragédie familiale. Le triangle incestueux était déjà en place à l'été 1966.

Mon père n'avait pas relevé ce fait singulier : sa future belle-mère avait été la première à le choisir. Pas plus qu'il ne s'offusqua plus tard lorsqu'elle se montra ridicule et passionnée. Dès que le regard de son futur gendre s'attardait sur une jolie silhouette en maillot de bain, elle blêmissait, blessée par une jalousie maladive qui épargnait seulement sa fille. En ces mois d'été, les comportements déplacés et bizarres de ma grand-mère n'avaient pas encore éveillé de doutes ni de commentaires entre les amoureux. Ils s'en moquaient. Ma mère ne se méfiait pas de sa mère.

Avec quels sentiments ma grand-mère assistait-elle à l'éclosion de leur amour ? Ils devaient comme toujours être confus et ambigus, caractéristiques de son chaos sentimental. Pendant plusieurs années, cette histoire à elle seule nourrit ses fantasmes. Elle jouait sans arrêt avec sa plus grande peur en affectant des manières de petite fille vicieuse. Un désir d'amant autour duquel elle ne cessait de tourner, un dessein qu'elle adorait et redoutait, toujours au bord de quelque chose. Mais son esprit restait une chambre noire où grouillaient ses démons.

Quant aux amoureux, ils s'aperçurent avec amertume à la fin de leur lune de miel qu'elle entendait régir leur future vie conjugale.

Dans le monde d'illusions où elle vivait, la belle-mère semblait croire depuis le début qu'elle avait un rendez-vous avec son gendre, qu'un jour le passage à l'acte physique se produirait. Allait-elle jusqu'à imaginer leur étreinte ? Sans doute violente, coupable et clandestine. Pendant quelques années, elle s'y prépara sans cesse.

Je jouais avec mon frère dans le square du bas de la rue Bobillot, qui prolongeait le trottoir de notre école. C'était une journée ensoleillée, à l'air doux et à la lumière dorée. Nos Kickers soulevaient des nuages de poussière. Nos genoux sales dépassaient des culottes courtes, avec leurs croûtes séchées en forme d'étoiles. Plusieurs parties de chat se déroulaient en même temps autour des pelouses, les poursuivis devenaient les poursuivants et les possibilités de vengeance décuplaient le plaisir. Une frontière invisible nous séparait, nous les élèves de l'Immaculée Conception, des gosses de la Fontaine-à-Mulard, des petits voyous sortis d'un quartier voisin malfamé. Mon frère et moi étions surveillés par une bonne d'enfants, nous courions le long d'une allée de tilleuls, vers la pointe du petit jardin public qui se terminait place de Rungis, quand je reconnus au loin ma grand-mère qui trottait en notre direction. Elle nous faisait la bonne surprise de passer à l'improviste. Elle portait un long manteau de cuir bordeaux avec ceinture et épaulettes, des chaussures à talons assorties. À l'époque, elle était vraiment bien conservée. Mais plus elle approchait, plus j'étais frappé par l'expression radieuse de son visage. Pourquoi avait-elle mis du rouge à lèvres, du fond de teint, de l'ombre à paupières en plein après-midi ? Son casque de mèches brushées, laquées et disciplinées, semblait insensible aux coups de vent. Elle ruisselait de bijoux. Je la trouvai belle, mais un peu endimanchée. Une excitation mal dissimulée contractait ses traits, elle battait nerveusement des cils. Elle finit par remarquer mon étonnement et, tout émoustillée, se pencha vers moi pour m'embrasser, en me chuchotant à l'oreille :

— Mon chéri, j'ai rendez-vous au cabinet de ton père.

7

À l'âge de onze ans, j'avais réclamé son aide pour me défendre face à mon professeur de clarinette, un petit homme vigoureux au visage rougeaud, à la mâchoire puissante. Ce musicien de la Garde républicaine était un vrai sadique, il profitait de ce que nous soyons seuls pour frapper mes doigts à chaque erreur de main. À la moindre faute de souffle, au plus petit couac, il poussait d'un coup sec le bas de l'instrument. La douleur était insupportable, la plaie dans le palais mettait plusieurs jours à cicatriser. J'étais terrorisé par ce maître de musique qui aurait dû être un personnage comique en raison d'une perruque poivre et sel mal ajustée aux tempes. Après que je l'en avais suppliée, ma grand-mère avait accepté de lui demander de modérer ses châtiments. Un mercredi après-midi, elle avait au préalable assisté au déroulement des cours depuis le patio vitré du conservatoire du 14e arrondissement, un poste d'observation idéal. À la fin du cours précédant le mien, elle s'était passionnée pour l'échange prolongé et enjôleur entre le professeur et une mère d'élève, une jolie femme d'allure bourgeoise à la Catherine Deneuve.

Le mercredi suivant, jalouse de l'aura de cette femme élégante, ma grand-mère m'avait accompagné, enroulée dans son manteau de vison. D'un air distingué, elle avait demandé à parler au professeur à la fin. J'étais allé l'attendre dans le couloir. À travers la porte, je les entendais rire à n'en plus finir, plein d'amertume face à cette trahison de ma grand-mère.

Sortant de la salle, mielleux, agité de clins d'œil salaces, le clarinettiste lui fit un baisemain, politesse désuète que je n'avais jamais vue. Quant à moi, il m'adressa un regard cruel. Auprès de certaines personnes, du plus grand nombre même, ma grand-mère passait pour drôle, gaie et lumineuse. Plus tard dans la rue, elle exultait, clamait sans prêter attention à moi :

— Il me draguait ouvertement !

Et mon histoire de brimades ? Elle se rembrunit d'un coup et me promit qu'elle avait plaidé en ma faveur mais, à son ton, je savais bien que c'était un mensonge, elle n'aurait voulu pour rien au monde rompre le charme. Percevant ma déception et prenant alors je ne sais quel prétexte, elle m'attira à elle, me saisit la main pour me consoler.

Nous étions toujours sur notre petite planète. À ses yeux, nous étions à part. Dans notre situation, chaque nouvelle personne étrangère constituait un risque. Parler à cœur ouvert pouvait nous mettre en péril. Ma grand-mère entretenait tout le monde dans une duplicité permanente, sans doute avais-je le « privilège » d'être le seul à savoir qui se cachait sous le masque.

Je vivais dans la peur constante qu'un conflit éclate au cœur de ma famille. Mes racines étaient fragiles. Les choses importantes que je percevais étaient toujours tues. Rien ne pouvait combler le vide qui s'ouvrait à l'intérieur de moi chaque fois que j'y repensais. Pourtant les uns et les autres savaient se montrer charmants en public. Tout semblait pour le mieux quand, du jour au lendemain, mon père s'emporta : il ne supportait plus le contrat tacite qui voulait que, étant le « manuel » de la famille, il se tue à la tâche pour rénover une résidence secondaire qui n'était pas la sienne. Son indignation éclata au grand jour. Il cria à ma mère :

— Tes parents m'ont pris pour une bonne poire pendant trop longtemps. Mais ça suffit maintenant, cet esclavage ! Je ne suis pas leur larbin.

Dans le camp adverse, ma grand-mère ne manqua pas de souligner son ingratitude, alors que la maison avait été achetée pour faire plaisir à ses fils et qu'on lui permettait d'y vivre sa grande passion pour les chevaux. Pour calmer les esprits, ma mère décréta d'un air très compétent que son mari était gagné par une révolte puérile, connue sous le nom générique de « crise de la quarantaine ». Elle prétendait que beaucoup d'hommes mariés y succombaient et que c'était un mal d'autant plus dangereux qu'il n'existait pas de signes annonciateurs ; les maris voulaient tout changer sur un coup de tête, de leur style vestimentaire à leur femme.

Mon père hurla. Elle refusait d'entendre qu'il était poussé à bout par des forces redoutables, par ces liens du sang si anciens, ces puissances aveugles qui dépassaient de très loin ses capacités de résistance.

Bientôt réduit au silence par la réprobation générale et poursuivi par les reproches de sa belle-mère, mon père s'acheta un vrai cheval de sport puis il se mit à fréquenter un club équestre installé dans un manoir distant d'une quinzaine de kilomètres. Il ne rentrait plus qu'à l'heure du souper, soucieux seulement qu'on lui fiche la paix. Ses fils le supplièrent, ils voulaient le suivre, l'admirer à cheval. Pour passer un moment entre hommes. Ses absences fréquentes déclenchaient chez ma grand-mère de grands airs de désolation et des plaintes publiques ; elle désignait du doigt son pauvre mari, trop âgé, trop élégant pour effectuer les travaux salissants nécessaires à l'entretien de leur propriété, elle se lamentait :

— Cet ingrat nous laisse tomber, nous allons vendre. Tout bazarder ! Et puis c'est fini !

Cette remarque mettait sa fille dans des états impossibles.

À d'autres moments, ma grand-mère se montrait pleine d'esprit d'initiative, très énergique, et exigeait que tous les membres de la famille participent aux tâches. Pour la calmer, ma mère dut monter en chaussures à talons sur une échelle pour retirer de pleines poignées de feuilles mortes qui risquaient d'obstruer les gouttières.

Mon père nous toléra au club équestre à condition de ne pas nous entendre ouvrir la bouche. Nous le regardions monter à cheval sans nous plaindre de l'attente. Nous traînions dans les tribunes du manège, glaciales et mal éclairées en hiver. Très vite, il se joignit à une petite équipe de concours hippiques qui écumait tous les week-ends les terrains de la Somme, de l'Aisne et de l'Oise. Les cavaliers picards formèrent sa nouvelle famille. Nous étions toujours dans leurs pattes. À vibrer aux histoires de montures rétives, cabossées, indomptables mais capables de triompher pour celui qui savait les apprivoiser comme dans un rodéo. Tous ces mecs en avaient dans le pantalon. Nous fuyions désormais la maison familiale qu'on surnomma entre nous la « Kommandantur ».

Un jour, après une séance d'entraînement, mon père nous proposa de faire un tour de piste sur son cheval devant ses nouveaux amis. Il nous avait montré quelquefois dans le verger, sur le cheval du fermier, comment tenir les rênes, placer les pieds sur les étriers et casser les chevilles. Si nous étions très loin d'avoir acquis les principes de base de l'équitation, nous voulions être à la hauteur. Mon frère cadet révéla tout de suite un talent naturel. Visage impassible, il flottait comme un artiste de voltige sur le dos du grand bai brun, sa main ferme et douce. Mon père ne nous quittait pas du regard. Ses yeux qui me suivaient sur la selle de son cheval semblaient dire : « Il est interdit d'avoir peur. » Je fis tout pour bloquer mes tremblements. Je dominai mon angoisse à grand-peine, dans des gestes désordonnés pour rester sur le dos de l'animal. Par chance, je ne tombai pas.

Après le manège, les chevaux écumants marchaient vers les écuries émergeant dans le brouillard qui montait dès la tombée de la nuit. Ils étaient passés au jet de la douche, puis au couteau de chaleur. Lorsqu'il retirait sa bombe, des gouttes de sueur coulaient autour des yeux plissés de mon père. Ce soir-là, nous avions gagné le droit de participer à l'apéritif entre cavaliers qui avait lieu dans le club-house, au bord des grands prés. Chacun vantait sa monture, lançait des blagues ponctuées de jurons. Je craignais qu'éclatent des disputes quand j'assistais à des conversations comme les leurs, truffées d'insultes et de gestes violents. La salle du club où les hommes se réunissaient l'hiver puait la transpiration et l'odeur de feu de cheminée. Nous étions les seuls gosses admis dans la confrérie. À ma grande surprise, les cavaliers picards traitèrent les petits Parisiens que nous étions avec une forme d'affection vache comme des gamins trop gâtés auxquels il faudrait botter le cul.

— Ces merdaillons méritent de prendre des torgnoles pour s'endurcir.

L'un d'entre eux m'interpella d'une grosse voix rigolarde :

— Alors, ta petite copine, tu nous l'amènes quand ?

Je rougis, perdant immédiatement ma contenance.

— Allons, gamin, tu t'es pas trouvé une ch'tite grognasse ? me demanda un type aux yeux injectés de sang.

— Remarque, ça lui évite bien des emmerdes ! s'écria un expert forestier de Montdidier qui venait de divorcer avec perte et fracas.

Un ricanement bête, stupide mélange de reniflements et de grognements, monta de l'assemblée des hommes. C'était une véritable torture pour mon frère cadet et moi. Jusqu'au bout, les cavaliers se payèrent notre tête. Si les femmes accordaient leurs faveurs à ce genre de types, je me dis que, plus tard, je n'avais aucune chance d'avoir du succès. Je pâlissais et me décomposais trop facilement. Dès lors, chaque fois qu'ils apercevraient les « fils du kiné », comme ils nous surnommaient, ces sauvages s'amuseraient à nous tourmenter sans fin.

Le pire fut atteint en constatant que mon père se sentait dans son élément naturel parmi cette bande de brutes. Quelquefois, de retour à la maison après les insinuations pénibles, je me blottissais contre lui pour le supplier d'intervenir afin que les habitués du club équestre me fichent la paix. Mais mes plaintes l'exaspéraient, ma sensibilité un peu niaise lui paraissait suspecte, équivoque, presque efféminée. Insensible à mes états d'âme, il ne me donna aucune garantie d'intervenir en ma faveur auprès des cavaliers. Ma gêne croissante les excita encore plus quand mon père, trahissant notre intimité, répéta que leurs grosses blagues me mettaient dans des états de désespoir absolu. La meute des cavaliers ne lâcha plus les petits Parisiens qui, cette fois, ne voulurent plus passer les week-ends à la maison de campagne de leurs grands-parents.

À cet âge-là les écarts virilistes, petits et grands, m'effrayaient et m'isolaient. Je redoutais d'offenser mon père et, à travers lui, tous les hommes unis dans la grande religion masculine. Ces sentiments confus persistèrent très longtemps. Seule la lecture de la *Lettre au père* de Kafka m'en libéra : « T'aurais voulu me voir en bon soldat buvant de la bière, criant, pétant des insanités, mais je n'ai pas été cet homme-là, mais un autre. Je n'étais pas toi, c'était là mon principal défaut. J'aurais eu besoin d'encouragement à tout moment, mais présentement il est trop tard. J'ai été écrasé du simple fait de ton existence [...] J'étais constamment plongé dans la honte d'être un mauvais fils, un fils trop fragile. » Par quel mystère un père et un fils, chair de sa chair, pouvaient-ils être si différents ? Mon père était-il un mauvais père ? Quand j'étais petit garçon, il fut un soleil, mais dès que je fus en âge d'argumenter face à lui il devint méfiant, colérique, despotique. Au fond, il n'aima jamais la vraie discussion.

En quelques années, une cloison douloureuse s'éleva entre mon père et le reste de la famille.

Le hameau de la Glacière, le nom du quartier où vivaient mes grands-parents, avait été réputé jusqu'au XIXe siècle pour les petits étangs formés par la Bièvre, un affluent de la Seine, où les Parisiens venaient découper de gros blocs de glace, ensuite conservés dans des caves au parc Montsouris. La discorde d'une famille bourgeoise est encore plus sinistre les jours de fête. Sans doute sous le poids de l'obligation ou des traditions. Chez nous, même en ces grandes occasions, les relations entre les adultes étaient aussi gelées que la Bièvre. Chaque fois que mon père essayait de briller dans la conversation à table, sa belle-mère souriait avec condescendance. Il se sentait humilié, faisait des efforts oratoires désespérés pour se sortir de cette situation dégradante, mais c'était pire. Aux anniversaires, à Noël, aux communions, à Pâques, aux réveillons du nouvel an, autant de réunions un peu plus solennelles que les autres, nous nous habillions et ripaillions en conséquence : saumon fumé, foie gras, cailles aux raisins sur canapés. Nous faisions semblant de nous amuser. Ces jours-là, ma grand-mère tirait une tête de cent pieds de long. À la différence de ceux qui boudent en se tenant à l'écart, elle occupait le centre de l'attention, tout le monde comprenait ce qui se jouait et avait le ventre noué. Si on s'avisait de lui demander ce qui l'indisposait, un coup de blizzard traversait la salle à manger. « Je n'aime pas les pièces rapportées ! » lâchait-elle d'un air pincé, parlant de son gendre et de sa belle-fille, comme pour confesser un dégoût d'ordre alimentaire contre lequel elle ne pouvait rien. La rupture avec mon père était consommée.

Lorsqu'elle faisait ainsi la tête, maquillée à l'extrême, son nez grossissait et pendait, victime de l'attraction terrestre, comme une protubérance animale greffée à la suite d'une terrible erreur chirurgicale. Quelques heures avant un réveillon particulièrement pénible, nous avions vu à la télé un documentaire sur un zoo. Plus tard, la vision de babouins brandissant sans complexe leurs fesses boursouflées et violacées sous l'œil rigolard des visiteurs vint se superposer à la figure outrageusement maquillée de notre grand-mère. Inspiré, mon frère cadet lui attribua alors le surnom que nous utiliserions pour toujours entre nous : la « Cul-singe ». Nous en adorions la sonorité et, entraînés par une vague d'hilarité, le répétions jusqu'à n'avoir plus de salive : « Cul-singe ! Cul-singe ! Cul-singe ! » Une blague de bâillonnés, conscients qu'ils ne pourront rien changer au cours tragique de l'histoire familiale.

Comment mes parents firent-ils pour supporter la comédie des apparences pendant des années ? Nous ne connaissions pas tous les détails de leurs disputes, elles ne se déroulaient pas devant nos yeux, mais les séquelles étaient évidentes : silences moroses, regards qui s'évitaient, soupirs exaspérés. Mon père avait lancé un ultimatum à ma mère : choisir entre ses parents et lui. Ma mère donna habilement l'impression de lâcher prise. Elle minimisa l'importance de la question, la jugeant dérisoire. À l'image des comportements imprévisibles de son mari. Deux ou trois week-ends de suite, nous ne sommes pas allés à la campagne. Ma mère rabâchait sa théorie de la crise de la quarantaine. Mon père s'épuisait dans le travail au cabinet. Et tout recommença comme avant.

8

Lassé par l'indécence de sa belle-mère au cabinet, mon père la raya de la liste de ses patientes. Les séances de massage devaient trahir un désir sexuel obscène. Nous ne sûmes jamais clairement ce qui s'était passé entre eux. Tout changea du jour au lendemain. Le monde de ma grand-mère s'écroula : le rendez-vous charnel auquel elle semblait avoir toujours cru ne se produirait jamais. Comme toute limite imposée par la réalité, celle-ci lui fut insupportable. Le mardi soir suivant, son humeur s'était assombrie. Elle paraissait bouleversée sans que je sache pourquoi, j'eus peur que sa fureur se retourne contre moi.

Les yeux embués de larmes, elle étouffa un cri de rage :

— Ton père m'a jetée dehors ! Il m'a dit de prendre mes cliques et mes claques, m'a fait descendre de la table de massage, puis il m'a répété que c'était fini pour toujours. Il m'a répudiée !

J'essayais, en vain, de comprendre le sens du dernier mot qu'elle avait craché avec horreur mais il n'appartenait pas à mon vocabulaire d'enfant de sept ans. Jamais je n'avais pris conscience à ce point de la force et de la violence de ses désirs. Puis, après avoir crié sa douleur, elle prit peur, parut se rétracter, s'embrouilla en donnant plusieurs versions de l'affront ignoble qu'elle avait subi. Nous avions sursauté en entendant tourner les pages du journal de mon grand-père. Il ne fallait surtout pas qu'il nous surprenne. Ma grand-mère se réfugia, paniquée, dans la salle de bains, tandis que je restais dans le petit couloir mais je pouvais encore percevoir les sanglots étouffés. Tout était si injuste. Mon cœur s'emplit de chagrin.

Lorsqu'elle me vit paraître dans la salle de bains, ma grand-mère fit mine de se reprendre, astiquant les robinets, la baignoire et la vasque dans un sursaut de vigueur, et d'un coup sa peine se mua en furie :

— Après tout ce que nous avons fait pour lui ! cria-t-elle, folle de rage.

— Qu'est-ce qui se passe ? demanda la voix sévère de mon grand-père depuis le bureau.

— Rien, je donne le bain au petit !

Le regard de ma grand-mère prit une sombre fixité, effrayante.

— Nous avons tout donné pour lui, poursuivit-elle à voix basse.

Je me précipitai dans ses bras et tentai de la consoler comme je pouvais par mes caresses désordonnées. Pour se calmer, elle dit une brève prière en passant la main dans mes cheveux puis, l'arrêtant sur mon front, elle ferma les yeux et demanda la miséricorde du Tout-Puissant.

Après ce drame, je fus plus que jamais accroché à ses jupes, toujours à la recherche de ses caresses.

Longtemps, j'ai remercié ma grand-mère de m'avoir ouvert les yeux sur la vraie nature de mon géniteur. Les hypothèses successives, bancales, fomentées par ma cervelle de moineau n'étaient jamais allées si loin. Je me mis discrètement à épier mon père. De toute façon, depuis des mois, je le soupçonnais de nous cacher quelque chose de grave. Tout l'appartement était organisé dans cette intention. Pour exercer son métier de kinésithérapeute, il s'était octroyé les deux grandes pièces donnant sur la rue, dévolues exclusivement à la rééducation de ses patients. Elles avaient reçu le titre prestigieux de « cabinet » alors que le reste du logement où était tassée la famille n'avait pas mérité de recevoir de nom. Bien sûr, les pièces défendues, en particulier la salle de massage, exerçaient sur moi la plus forte attraction. Dès que le dernier malade quittait l'appartement, aussitôt après avoir entendu le claquement de la porte, je m'élançais, poussé par la curiosité et l'instinct territorial. La pièce à main droite, tout de suite en entrant, abritait le matériel de torture de mon père : des haltères, des sacs de sable, des sangles et des poignées, une grande cage pleine de poulies et une table de massage en skaï noir, recouverte d'un drap de tissu léger qu'il changeait entre deux patients. Les stores, comme de lourdes paupières, étaient toujours à demi tirés. Une odeur de pommade très agréable, peut-être au camphre, se déployait dans cette salle nettement plus chauffée que les autres pièces de la maison. Après la journée de consultations, j'adorais fouiner dans le panier où les draps froissés portaient l'empreinte, moite de sueur, des corps qui s'étaient succédé entre les larges mains puissantes de mon père. Quelquefois, il m'arrivait de porter un coin de tissu aux narines. C'était comme marcher en forêt après la pluie et prendre le temps de humer les bonnes odeurs qui montaient du tapis de feuilles mouillées. Chaque jour, une trentaine d'inconnus se faisaient soigner chez nous, nous laissant leur parfum.

L'entrée de la salle de massage m'était fermement interdite lorsque mon père y exerçait mais, pour me consoler, il m'était permis de circuler librement dans la salle d'attente qu'une cloison séparait de ma chambre. J'aimais me mêler aux patients, faire rouler mes petites voitures à leurs pieds, susciter leur attendrissement. J'étais toujours capable de les dérider, jamais rebuté par un visage fermé, jusqu'à ce que la porte qui coupait l'appartement en deux s'ouvre avec le déplacement d'air caractéristique de l'arrivée en trombe de mon père. Soudain, les occupants de la salle d'attente auxquels je venais juste de me lier se détournaient de moi, sans me laisser le moindre espoir de les accompagner plus loin. Toutes les vingt minutes, le petit manège se répétait : mon père apparaissait, les manches de chemise remontées, plein d'entrain, et appelait d'une voix forte et virile le nom du suivant. Au passage, il me jetait un de ses regards faussement sévères et amusés, vérifiait que son garçon s'en tenait au périmètre autorisé, blotti au pied du canapé avec ses Playmobil. Oubliant aussitôt la présence du fils du kiné, le patient se levait, ramassait ses affaires, puis s'avançait pour lui serrer la main, un peu intimidé. Les plus polis, presque sentencieux, l'appelaient docteur – « Voulez-vous que je vous suive de ce côté-là, docteur ? » –, ce qui l'emplissait de fierté.

Cent fois, je m'étais cassé les dents sur les règles qui m'empêchaient de franchir la porte. À genoux, j'avais supplié mon père de me laisser assister à une séance de massage, une seule suffirait. Ses paumes étaient si larges et si chaudes. Il avait des mains extraordinaires, aux doigts intelligents, chacun susceptible de mener sa petite vie autonome avec toute l'adresse possible. Du bout des phalanges, ils étaient capables de sentir et de dénouer les moindres nœuds jusqu'au cœur des tendons et des muscles. Mon père devait être fier de régner sur les corps que les gens lui abandonnaient en toute confiance, il devait aimer sentir le grain de la peau d'inconnus sous la pulpe de ses doigts, pétrir les chairs. À tout prix, avant même les confidences de ma grand-mère, je tenais à le voir à l'œuvre. Je lui avais juré cent fois, la main sur le cœur, de me faire oublier dans un petit coin, mais jamais il n'avait cédé. Secret médical oblige. Combien de fois m'avait-il barré l'accès avec cet avertissement absurde ? Pourtant, je m'obstinais, insistais, tentais de négocier. Secret médical. Je vomissais cet Hippocrate, un affreux Grec, charmeur de serpents, dont visiblement mon paternel chérissait les principes moraux. Secret médical. Voilà un secret que j'aurais adoré percer, comme tous les secrets du monde d'ailleurs.

Je n'avais pas tout compris au secret que ma grand-mère avait partagé avec moi à la sortie de l'école, mais chaque fois que j'y repensais, j'adorais son parfum capiteux, quelque chose de volé au monde des adultes. À compter de ce mardi-là, le demi-jour de la salle de massage et l'odeur des draps se mirent à flotter comme portés par les questions bizarres que m'inspirait la nudité des patients.

« Jure-moi de ne jamais rien dire, mon petit, sinon cela sera terrible... » Ma grand-mère semblait parfois se reprocher ce qu'elle m'avait confié. Avant de me border, elle me faisait asseoir au bord du lit et, dans des grimaces extraordinaires, soulignait la gravité de la situation. Ému à un point difficile à décrire, je me sentais écrasé par un poids d'enclume. De quoi nous rendre complices pour toujours. C'était le bon côté des choses, elle ne se moquait pas de moi en me traitant comme un petit arriéré, ce que faisaient la plupart des grandes personnes qui m'entouraient. D'autres fois, elle replongeait, répétait les mêmes accusations qui me révulsaient. L'inflexion fébrile avec laquelle elle ajoutait sa mise en garde finale désamorçait aussitôt le contenu angoissant de ses phrases. Elle éveillait en moi un attrait encore plus fou pour ce rituel. Quelque chose de solennel, de sacré même, de l'ordre des quêtes fondatrices comme les enfants de sept ans peuvent en concevoir, se tatoua au fond de son cœur. Et personne, dans la famille ou ailleurs, ne se rendit compte de rien. Peu importait s'il m'était impossible de saisir le fond de ses assertions énigmatiques, nous en tirions de vrais frissons. Ce courant étrange passait d'elle à moi, il y restait longtemps.

Trois ans plus tard, à la rentrée scolaire du CM2, remplissant la fiche de renseignements à la rubrique « profession des parents », je me sentis mal à l'aise. Mais je ne pouvais tout de même pas écrire : « profession du père : trompeur ».

Un jour, je réussis presque à le surprendre en flagrant délit. Prétextant un mal de ventre, j'osai braver l'interdit pour frapper à la porte de la salle défendue, en plein massage.

— Quoi ? répondit sa voix agacée.

Moi, téméraire :

— Je vais vomir, excuse-moi papa, je suis malade.

Courte pause.

— Tu as de la fièvre ? demanda-t-il sèchement.

— Je ne sais pas.

La porte s'entrebâilla, je sentis aussitôt la main paternelle, chaude et enveloppante, couvrir mon front. Le temps très bref que dura cette prise de température, je réussis à atteindre mon but : apercevoir l'éclat blanc d'une bretelle de soutien-gorge sciant le bel arrondi d'une épaule puis, simulant une crampe d'estomac pour me pencher plus en avant, reluquer le corps entier d'une femme, couchée sur le flanc. La silhouette déshabillée, offerte sur la table de massage, confirmait ce que ma grand-mère m'avait révélé. Animé par un sentiment de triomphe, je supposai que cette patiente n'avait pas encore eu le temps de se mettre entièrement nue devant mon père mais qu'elle ne tarderait plus à faire glisser sa petite culotte le long de ses cuisses. Ma tête tournait. Je savais que j'étais en danger, mais j'ignorais à quel point.

Après mon intrusion, mon père renforça les précautions, ferma les portes, dressa de nouveaux paravents parce qu'il ne voulait plus qu'on le dérange. À cette époque-là, il m'était encore impossible d'établir le moindre lien entre son comportement et les ravages qu'il produisait sur le couple de mes parents. Mon père était à la fois un faune et un dieu de l'Olympe. Quelquefois, ma grand-mère me demandait une petite faveur supplémentaire. Dénoncer les femmes licencieuses qui se rendaient au cabinet, lui dire si, dans la valse des occupantes de la salle d'attente, je reconnaissais des dames du quartier, en apparence respectables. Ainsi, elle pourrait exercer sa jalousie sur des cibles bien précises, les démolir autant qu'elle voudrait. Le parfum de scandale la galvanisait. Je devins à sa solde un espion très efficace, tapi dans l'ombre :

— J'ai vu ta voisine du troisième étage, celle chez qui nous allons prendre le goûter...

— Et qui encore ?

— L'esthéticienne de la rue W.

— Celle-là, ça ne m'étonne pas ! lâcha ma grand-mère d'un ton sec et revêche.

Pendant toute une période de l'année de CM2, je fus gagné par la honte et la peur. Je me dis qu'il fallait peut-être recouper cette histoire avec d'autres sources, la partager pour prendre du recul. Après de longues hésitations, je décidai d'en parler à ma mère. Dans sa jeunesse, on avait attendu de cette dernière qu'elle ne soit qu'une jeune fille bien élevée, bonne à marier. Mais elle avait déjoué tous les pronostics, avait obtenu les diplômes d'une école d'ingénieur et dirigeait une équipe de programmeurs qui procédait à la première vague d'informatisation de la France. On avait attendu d'elle qu'elle se marie avec un fils de famille. Elle avait choisi un écorché vif, un sauvage, sans le sou. Elle souscrivait uniquement aux codes vestimentaires classiques de son milieu, cols Claudine, jupes-culottes et tailleurs en laine. Pourtant elle aurait pu rester naturelle, avec ses cheveux courts, libérée des attentes. Mais à ses yeux, une femme intelligente ne pouvait porter que des tenues strictes et se garder de paraître aguicheuse. Il fallait choisir : être intelligente ou belle.

Ce samedi matin, elle venait de mettre une casserole de cire sur le gaz avec l'intention de s'épiler les jambes et de lire *Paris Match* quand je me glissai dans la cuisine, pâle et hésitant. Elle comprit d'instinct que son fils prenait son courage à deux mains, profitant d'être seul avec elle pour lui confier quelque chose d'important.

— Ça ne te gêne pas, ce que fait papa ?

Ma question sembla lui donner envie de pouffer de rire mais elle lutta pour rester sérieuse. Ce qu'il faisait... quoi ? Les chevaux, l'humeur massacrante, les prises de bec avec ses parents, les colloques à l'hôpital dont il ne rentrait qu'au petit matin ? À quoi faisais-je référence ? Les écarts de conduite, les soupçons de cocuage, elle ne voulait pas savoir. C'était la recette du bonheur. Alors, spontanée, elle eut cette réponse sublime :

— De toute façon, je ne suis pas jalouse.

Très au-dessus de la mêlée. Le comble du chic. Une femme distinguée ne pouvait pas prêter l'oreille à ce genre de ragots. Cela ne se faisait pas. Quelle naïve épouse aurait vécu constamment dans la crainte ? Elle préférait détourner le regard, occupait un beau poste, jouissait d'une situation tellement plus enviable, plus moderne que celle de sa mère, qui n'avait été toute sa vie qu'une simple femme d'intérieur. Ça suffisait à son bonheur.

J'avais interrogé ma grand-mère sur la réponse sibylline de ma mère. Alors que sa fille était son obligée, sous sa coupe en toutes circonstances, alors qu'elle s'autorisait à lui faire subir tout ce qu'elle voulait sans que cela prête à conséquence, ma grand-mère prit soudain un air grave de profond respect, presque recueilli, une mine de condoléances :

— Mon chéri, ta mère est une sainte. Elle ne se plaint jamais de ce qu'elle endure.

Elle m'invita à ne plus la tourmenter avec des insinuations gênantes.

Après ces brèves conversations, mon jeune esprit fut plus embrouillé que jamais. Tant de questions restaient en suspens.

9

Si je n'avais pas compris que j'étais déjà relégué à une masculinité de seconde classe, celle des binoclards au nez morveux ayant pissé tard au lit, celle des fragiles, des timides, des craintifs, des voûtés ayant peur du noir et en ayant honte, j'en pris pleinement conscience à l'entrée au collège à cause du football. Deux gars de ma classe s'étaient autoproclamés « capitaines », sans rencontrer la moindre résistance. À tour de rôle, les deux chefs prononçaient les noms de leurs futurs équipiers avec une pointe d'enthousiasme dans la voix : « Lacaze... Houel... Saint-Hippolyte ! » Les élus se prenaient dans les bras avant d'avoir tapé dans le moindre ballon, heureux d'appartenir à la même bande. Arrivait le moment où, les meilleurs étant répartis dans chaque équipe, les deux meneurs devaient se décider face au rebut. J'entends par « rebut » cinq ou six autres garçons parmi lesquels je me trouvais invariablement et qui leur inspiraient le plus profond mépris. La mine sombre, les deux chefs n'énuméraient plus les noms mais désignaient les brebis galeuses d'un geste de la main, vite fait, avec un mélange de pitié et d'agacement ; ils se les distribuaient par pure charité chrétienne.

— Tu prends lui et lui.

— Et moi, je me coltine celui-là.

— Oh, garde-le, ça fera toujours un poteau de plus sur le terrain.

Pourtant je voulais encore y croire. Je me débrouillais pour éviter d'être choisi comme goal, c'était le rôle de tête de Turc par excellence, celui qui valait le plus d'insultes, toujours fautif quand il encaissait un but. Par élimination, il ne me restait plus que le poste d'arrière. Mais là aussi, l'affaire pouvait tourner au jeu de massacre. Les dingues de foot ne voulaient pas seulement marquer des buts, ils voulaient dominer, soumettre, humilier les autres. Quand un de ces vicieux avait franchi le milieu de terrain et qu'il ne lui restait plus qu'à me dribbler pour marquer, il s'accordait une courte pause, un sourire sarcastique se dessinait sur son visage, puis il prenait son élan pour faire mine d'armer le « boulard du siècle », et juste éprouver le plaisir de me voir m'aplatir par terre. Ils riaient comme des ânes. Si je voulais être plus téméraire et tentais de résister, ils me tiraient à bout portant dans la cuisse avec toute la puissance dont ils étaient capables, ce qui faisait immédiatement de moi un estropié. Quelle angoisse ! La petitesse de ces types était effrayante. Leur masse m'écrasait. Je ne serais jamais l'un d'eux. La vie était affreuse.

Je luttai toute l'année, m'imposant de participer à chaque partie de foot à la récré. Puis, avant les grandes vacances, je déchirai jusqu'à la dernière page mon album Panini *Argentina 78* en tournant le dos aux joueurs mythiques – Rummenigge, Dirceu, Paolo Rossi – qui avaient nourri mes fantasmes de gloire. Et c'en fut fini du foot, à jamais.

Je n'osais rien dire à mes parents parce qu'ils « se saignaient aux quatre veines » pour me payer ce collège catholique réservé aux garçons de l'élite. Les valeurs de l'institution, qui interdisait de porter des jeans et imposait deux messes par semaine, leur semblaient excessives mais ils s'étaient persuadés qu'en mêlant leur rejeton aux gosses de riches, ils lui rendaient service pour plus tard. Il maîtriserait les codes et se constituerait un carnet d'adresses extraordinaire.

Le jour de la rentrée, j'avais fait le tour du parc avec la cohorte des petits nouveaux, on nous avait montré la statue du chevalier Bayard, nous avions appris la devise de l'établissement : « Chrétien sans peur, Français sans reproche ». En guise de pion, on avait un « préfet de discipline » – un genre de dandy en costume trois pièces, aux cheveux gominés, que je vis un jour s'approcher de deux élèves qui se disputaient un point au jeu de balle pour les séparer d'une phrase ridicule : « Messieurs, il vous faut jouer *fair-play*, ce qui signifie franc jeu en français ! »

Ma mère me répétait qu'ils n'avaient pas eu le choix. Le collège public du coin de la rue était vraiment pourri, « les filles de cinquième accouchent dans les toilettes ». Il n'était pas question de confier leurs enfants à l'Éducation nationale, surtout après l'arrivée de la gauche aux affaires, qui annonçait un relâchement des mœurs, si ce n'était la décadence généralisée de la jeunesse.

Pour conduire ses fils vers les cimes de la réussite scolaire, mon père avait inventé la « théorie du ressort ». Plus il nous comprimerait, plus il nous écraserait, plus, au moment où il relâcherait la pression, nous jaillirions à la verticale, projetés mécaniquement vers les sommets. Sur le papier, l'idée se défendait. À l'entrée au collège, il s'était mis en tête de superviser personnellement mes devoirs. L'année où je redoublais la classe de cinquième, je dus rentrer tous les lundis soir directement jusqu'à son cabinet. Je m'installais dans la salle d'attente que j'étais ému de retrouver et je travaillais, cahiers sur les genoux. Mon cartable était déballé sur le vieux canapé râpé. Entre deux patients, mon père débarquait pour me motiver à sa manière :

— Tu as intérêt à avoir la moyenne en maths ! Sinon tu vas dégager vers l'enseignement technique, tu balaieras la sciure dans un garage. Tu n'as pas le droit de prendre la place de quelqu'un qui a vraiment envie de travailler. Si tu continues à ne rien foutre, tu vas finir comme un con à la lime, en usine, et vivre toute ta vie dans un HLM pourri !

Je courbais l'échine, ployais sous la peur des sanctions et plus largement dans la crainte d'un malheur encore plus grand : retourner dans le monde d'où mon père prétendait venir, chez les pauvres, ceux d'en bas qui ne décident jamais de rien.

Le seul réconfort, je le trouvais dans les sensations troubles qu'exhalait le cabinet. Toujours le secret de ma grand-mère, vieux maintenant de six années. Dès que mon père soignait une patiente agréable à regarder, je m'approchais sur la pointe des pieds pour les écouter à travers la porte de la salle de massage. Mais le plus souvent c'était peine perdue, je n'entendais qu'une conversation posée et calme à la place des gémissements, des râles de plaisir, des respirations haletantes que j'espérais surprendre.

Le petit voyeur pressé contre les trous de serrure ne fut pas toujours déçu. En passant la salle d'attente au peigne fin, je découvris une pépite dans une pagaille sans nom au fond d'un grand placard : une pile de revues dissimulées. Ces magazines s'appelaient *L'Écho des savanes*. Les titres des articles étaient mystérieux et suggestifs : « Faut-il poser nu pour réussir ? », « New York interdit », « Les vrais fantasmes des stars ». Et les BD de Wolinski, Cabu, Reiser : *Sex burger* ou *Gros Dégueulasse*. Tout me faisait rougir, me dressait les cheveux sur la tête, mais je ne pouvais plus en décoller les yeux. Je suais et tremblais à l'idée que mon père me surprenne ; heureusement, j'étais depuis longtemps entraîné à vivre dans le cabinet, et la cadence à laquelle les rendez-vous se succédaient était parfaitement intériorisée. Les coups de sonnette réguliers scandaient mes lectures clandestines. Et même si je sursautais au moindre craquement du plancher, je savais que je n'avais rien à craindre par tranches de vingt minutes et que je pouvais me rincer l'œil.

La découverte d'une des dernières rubriques de la revue représenta une apothéose. Elle s'intitulait « Le strip-tease des copines » et consistait en un ruban de photomatons où une femme, dont on donnait l'âge et le prénom – Françoise, Anne ou Marie-Noëlle –, se déshabillait intégralement. Elle prenait la pose qu'elle préférait, en exhibant le petit buisson de poils au creux de ses cuisses blanches et charnues. Les photos étaient minuscules, en noir et blanc, de mauvaise qualité, mais cette imprécision ne faisait qu'enflammer davantage mon imagination. J'avais déjà maté sur les hauts des kiosques à journaux les unes des magazines pornographiques. Des femmes intimidantes aux crinières de lionne, aux corps sculpturaux luisants d'huile, mais je n'y voyais que des actrices pros se prêtant aux séances photos contre de l'argent. Alors que les « copines » faisaient leur strip-tease pour le seul bonheur des voyeurs. Je n'aurais jamais cru que des femmes pareilles, des femmes comme les mères de mes copains, puissent se livrer à cette activité et surtout qu'on les laisse faire. Parfois, dans un assaut d'hypocrisie, le petit tartuffe que j'étais traitait son père d'obsédé sexuel mais chaque lundi soir, fiévreusement, il ressortait les magazines de leur cachette dans l'intention de mettre sa prude nature à l'épreuve des sens.

Dans la vie en général, je considérais que mon manque d'assurance vis-à-vis des filles commençait à poser un véritable problème. Mais mon frère cadet, mon point de comparaison le plus proche, ne semblait pas en avoir beaucoup plus. Sa sensibilité paraissait émoussée, sans que je sache rien de ses difficultés intimes. Nous étions aussi anormaux l'un que l'autre. Je m'en rendis compte pendant une colonie de vacances réservée aux enfants du personnel de la société pour laquelle travaillait ma mère. Dans le beau chalet se mêlaient toutes sortes d'adolescents de milieux sociaux très différents, des fils de cadres et d'ouvriers, et personne ne se souciait de savoir si les parents des uns commandaient les parents des autres. Or, à l'évidence, la plupart des garçons étaient beaucoup plus à l'aise, mieux dans leur corps que mon frère et moi. Dans notre collège d'élite, les conversations s'animaient au nom des marques de vêtements les plus chères, chaussures Weston ou sacs à dos Hervé Chapelier. Les panoplies faisaient l'homme. Là, cet hiver-là, c'était la décontraction et la drague qui permettaient de se distinguer. Secrètement, je fus submergé de jalousie face à ces garçons cool qui s'adressaient aux filles avec aisance, qui savaient jouer avec elles le jeu de la séduction ou danser sur *Beat It* de Michael Jackson. Nous, les deux frères Wynck, avions l'impression d'être tombés de Mars. Le clou de la semaine fut la boum du vendredi soir, nous avions eu le temps de nous lier avec certains. *Do You Really Want to Hurt Me* de Culture Club faisait trembler les enceintes, mais nous restions là, immobiles tous les deux dans l'ombre, interdits et muets. Incapables de faire notre entrée sur la piste de danse où les plus entreprenants occupaient le centre, se trémoussaient, se frôlaient et parfois embrassaient les filles à pleine bouche. Quelque chose de semblable au profond dégoût de ma grand-mère me submergeait. J'étais trop délicat pour me lancer. Mais mon frère, qu'est-ce qui le bloquait ? Lui, il avait tenu tête à la vieille folle manipulatrice, il avait lu dans son jeu ; en retour, elle avait tenté de le déstabiliser et pire encore, un jour, elle lui avait lancé pour le démolir :

— Dis donc, tu ne serais pas un peu pédé ?

10

Hors de son appartement, ma grand-mère se croyait à Sodome et Gomorrhe. Elle soupçonnait l'orthodontiste de la rue du Cherche-Midi, qui ajustait les bagues de mon appareil dentaire, de coucher avec sa jeune assistante ; elle subodorait que son cousin, un chef d'entreprise roulant au volant d'une belle voiture, habillé comme un prince, passait l'après-midi à l'hôtel pour se vautrer dans la fornication avec ses nombreuses maîtresses qui dilapidaient l'argent de l'épouse bafouée ; le mari de sa voisine rentrait chez lui, misérable, « la tête basse et la queue entre les jambes ». Partout, l'abjection. Le monde avait sombré dans la débauche.

Pour ne pas perdre la tête, elle devait s'en tenir à des habitudes strictes, ne penser à rien d'autre qu'aux tâches que la vie lui infligeait. Elle observait une sévère routine : quand mon grand-père se levait, le petit déjeuner était prêt, tartines beurrées, œuf dans le coquetier. Il n'interrompait la lecture de son journal que pour passer à la table du déjeuner. Après le repas, il se servait un doigt de liqueur devant son feuilleton télévisé. Le dîner servi à heure fixe lui permettait de regarder à temps les informations. Linge corporel blanc immaculé. Chemises sans faux pli. Pantalons repassés droit. Pas d'accroc, de tache, d'ourlet qui bâille. Complets déposés tous les trois mois au pressing. Un roi sur son trône. Les femmes comme ma grand-mère n'avaient pas grand-chose à raconter. Tout le monde se foutait de leurs vies de bonniche, de la place que tenaient celles qu'on avait rebaptisées « maîtresses de maison ». Un continent invisible, tel était le monde de ces femmes. Même petits garçons, nous l'avions déjà intériorisé. Personne, jamais, ne nous contesterait ces privilèges.

L'arrêt du bus « Notre-Dame-des-Champs » était le point de ralliement des collégiens des écoles chrétiennes. Pour les prisonniers des établissements non mixtes comme le collège Notre-Dame-des-Champs uniquement fréquenté par les filles et mon lycée réservé aux garçons, l'enjeu était d'importance. Il n'était pas difficile de reconnaître les adolescents qui sortaient de ces casernes, ils se montraient les plus désordonnés, les plus bruyants, les plus délurés ou à l'inverse les plus craintifs, les plus introvertis, les plus gênés. Le temps était compté pour aborder quelqu'un : entre deux passages d'autobus, les jeux de regards devenaient brûlants.

En cinquième, j'eus un coup de foudre pour une petite brune aux yeux de biche. Je l'avais repérée un lundi peu après 17 heures. Mais manifestement nos emplois du temps ne coïncidaient pas car, à ma grande déception, il me fallut attendre une semaine entière pour la recroiser. C'était beaucoup trop long, mon cœur battait, je traînais mon impatience le long du boulevard Raspail. Je me mis en tête de repérer ses horaires de sortie. J'attendais, mais il m'était impossible de savoir si elle avait déjà été libérée et si elle était rentrée chez elle, moyennant quoi tous mes efforts seraient vains, ou si elle allait surgir d'une seconde à l'autre de la rue du Montparnasse à l'angle du café. Il faudrait alors affecter un air détaché. Je me préparais à toutes les éventualités.

Le mardi suivant, je dus patienter deux heures avant qu'elle n'apparaisse enfin. Et le jeudi, par chance, une suffit. Tout comme le vendredi. Durant plusieurs mois, je m'astreignis à cet emploi du temps sans lui adresser la parole. Je devais à tout prix lui laisser croire que le destin nous réunissait. Je me débrouillais pour qu'elle me remarque, sans plus, je voulais qu'elle s'habitue à ma présence en douceur. Se doutait-elle de quelque chose ?

Je ne savais pas comment l'aborder, ni quoi lui dire. La perspective d'une déclaration amoureuse rendait mes joues rouges et brûlantes. Un jour béni, sous un prétexte futile – sans doute le retard inhabituel du bus –, je lui adressai la parole, le cœur emballé. En retour, la tendre morsure de son regard me donna le vertige. Rapidement, nous eûmes des conversations fréquentes et animées ; elle riait beaucoup, d'un éclat franc et bruyant. Je tombai profondément amoureux d'elle.

Un jour où nous étions assis face à face dans le 68, elle croisa les jambes et se pencha vers moi pour me parler à voix basse, presque chuchotée. Une bande de chair apparut alors entre le haut de ses chaussettes à losanges et le revers serré au bas de son jean. La peau et le haut de sa cheville furent à découvert, mais son articulation me sembla soudain trop gonflée, épaisse, grossière. J'eus un haut-le-cœur. Cela tenait peut-être à la posture ou au volume des mollets. Ainsi, elle se révélait imparfaite, difforme même et les pores de sa peau, un peu trop dilatés, faisaient penser à de la chair de poulet. Un sentiment d'anormalité, de bizarrerie s'attacha désormais à cette fille que j'avais mis des mois à approcher. Elle perdit aussitôt son attrait, se mit à me dégoûter carrément, presque à en vomir. L'aversion soudaine que j'éprouvais pour elle était démesurée et grotesque, impossible à justifier, mais ce détail insignifiant de son anatomie suffisait à gâcher l'ensemble.

Je me mis à la fuir. J'évitais l'arrêt d'autobus aux horaires où elle le fréquentait. Un jour, je la vis au loin, apparemment en colère, réclamant sans doute de légitimes explications ; je décidai aussitôt de rentrer chez moi à pied pour l'éviter. Quand le bus où elle devait se trouver me doubla vers la place Denfert-Rochereau, je rentrai la tête dans les épaules et détournai le regard.

J'étais désespéré par cette confusion constante entre l'amour et la révulsion, mais il aurait été trop risqué d'y réfléchir. Cette expérience d'un brutal retournement d'affects se reproduisit plusieurs fois et devint une menace pesant sur chaque nouvelle idylle. J'aurais tout donné pour être fait d'une seule pièce, recevoir le don de l'amour, être heureux avec moi-même.

La corde coulissante passée autour de mon cou ne se desserrait pas plus pendant les grandes vacances. Sur la plage de Royan au milieu des années 1980, les indignations de ma grand-mère trouvaient un écho formidable dans l'assemblée de commères réunies en arc de cercle sur de petits sièges pliants aux tissus rayés. Pêle-mêle dans leur champ visuel, tel couple qui s'enlaçait sur un grand drap de bain : « Ils vont le faire sur la plage ? On pourrait se cotiser pour leur payer une chambre d'hôtel. C'est une honte, un scandale ! » ; telle famille de babas cool hollandais dont les enfants ne portaient pas de maillot de bain, spectacle des petits zizis qu'elles jugeaient indécent, mains portées au visage pour faire mine de se cacher les yeux devant les jeunes Bataves à poil. Le plaisir de blâmer, de médire, le besoin de se vanter de sa pudeur et de contraindre le moindre être vivant à s'y plier semblaient sans limites. À quinze ans, je n'avais pas le droit de m'éloigner de leur cercle, une frontière infranchissable me séparait toujours des autres. Enfin, à l'époque où la mer se couvrit des premières planches à voile, où arriva la mode du bronzage seins nus, elle concluait : « Le comble de la vulgarité ! Le vrai érotisme c'est de laisser deviner, certainement pas d'exhiber ! »

Tant de gens adoraient sa compagnie : ma grand-mère était drôle à force de balancer toutes les vacheries qui lui passaient par la tête. Mais, à l'écouter, on finissait par se sentir un peu sale. Sachant ce que je savais, comment aurais-je pu rire avec elle ? Qu'est-ce qu'elles y connaissaient en matière de sensualité et de désir masculin, toutes ces femmes ? Pas plus qu'au sujet de l'orgasme féminin, sans doute. La plus jolie d'entre elles, E., s'exila pour bronzer à l'autre bout de la plage, vers la pointe de Vallières, à des kilomètres, la poitrine à l'air, opulente et ferme à presque soixante-dix ans, et les oreilles débarrassées de leurs pénibles tartufferies.

— La France part complètement à la dérive ! conclut mon grand-père à la fin d'un repas.

Pour une fois, mon père était d'accord avec lui. À Matignon, le gros « Quinquin » – Pierre Mauroy – avait été remplacé par le petit « Fafa » – Laurent Fabius –, un faux jeton « qui pète dans la soie mais prétend défendre les prolos. Et dire qu'il y a des gens assez bêtes pour se faire avoir ! »... C'était toujours le même scandale, la même hypocrisie. On allait droit dans le mur avec « les socialos ». Les dessins de Jacques Faizant étaient à pleurer de rire, disait mon grand-père, qui les découpait dans le journal et les collectionnait. Les parents s'inquiétaient pour leur progéniture.

Heureusement, les articles de Louis Pauwels mettaient noir sur blanc ce que pensait une majorité silencieuse de Français qui fustigeait « la masse d'une jeunesse informe, enfants du rock débile, écoliers de la vulgarité pédagogique, produits de la culture Lang ». Leur prétendu rêve ? « Végéter tièdement, dans des mœurs avachies. » « Une jeunesse atteinte du sida mental. » En lisant cet éditorial du *Figaro Magazine*, mes parents et mes grands-parents éprouvaient la satisfaction de nous avoir mis à l'abri.

Aucune des modes, aucun des grands combats de la jeunesse des années 1980 ne put franchir les hauts murs de notre lycée. Les petites mains jaunes « Touche pas à mon pote », les radios libres, les tubes de Renaud, de Téléphone ou d'Indochine se brisaient sur ces digues redoutables. Il ne fallait surtout pas empêcher les élèves de réussir, de se concentrer sur leur avenir. L'ambiance restait studieuse et martiale. Toutes sortes de rituels, quasi militaires, rythmaient les journées. Longues files au garde-à-vous dans les couloirs, récitations des prières en français et en anglais – *Our Father, who art in heaven, hallowed by Thy name. Thy kingdom come...* –, sévères « lectures de notes » durant lesquelles chaque mois l'abbé R., ancien banquier et austère directeur, pâlissait de colère et faisait trembler les élèves. Propos destinés à flatter l'entre-soi de droite de l'établissement comme cette saillie du professeur de français, à l'approche des élections présidentielles où la réélection de François Mitterrand s'annonçait triomphale : « J'espère que nous pourrons danser ensemble pour fêter le départ de l'Élysée du vieux troubadour florentin. »

Comment survivre à ce grand matraquage idéologique ? Les vieux curés aux mains baladeuses n'étaient pas les plus dangereux. Tous les élèves connaissaient les penchants vicieux du directeur des loisirs, un redoutable prédateur. Par chance, il ne s'intéressa pas à moi, ni à mes frères. Mais quel garçon n'avait pas remarqué ses regards fixes et brillants, sa politesse visqueuse, sa serviabilité extraordinaire et gênante? Il était le seul adulte à déjeuner au self-service des élèves au milieu de ses favoris, après leur avoir permis de doubler la file d'attente. Selon la rumeur, il animait un club de pensée, proche de l'Opus Dei, où n'étaient admis que les premiers de classe. Les professeurs, les pions, les préfets de discipline faisaient mine de ne pas le voir tisser sa toile. Une belle bande de faux culs! Mais au fond, le prestige de l'institution valait bien le sacrifice de quelques élèves, les destins individuels ne pesaient pas grand-chose comparés à l'immense réputation du lycée d'élite, fondé en 1804 et dont étaient sortis des élèves aussi prestigieux que le grand Charles.

La pression scolaire était constante, il était entendu que tout élève dont les notes fléchiraient serait renvoyé. Entre ma classe de sixième et celle de terminale, quatre-vingt-dix pour cent de mes camarades furent éjectés. L'écrémage était impitoyable. Les «virés» disparaissaient dans ce que les professeurs appelaient avec un certain mépris les «poubelles», une galaxie de petits établissements catholiques moins réputés. À l'issue du processus: le lycée affichait cent pour cent de réussite au bac et une profusion de mentions. Sans blague. Mais au quotidien, cela signifiait pour moi une lutte acharnée afin de garder la tête hors de l'eau. C'était ça ou le HLM et la vie ratée. Pour amadouer mes juges, j'adhérais ostensiblement à l'idéologie catholique et élitiste de l'établissement. Mes parents qui ne s'entendaient plus se rejoignaient, pour une fois, dans la fierté que leurs enfants appartiennent à une institution aussi réputée parmi la bourgeoisie. Ils en étaient si fiers. Nous n'avions pas le droit de les décevoir.

Quand les manifestants contre la loi Devaquet défilèrent à deux pas, boulevard du Montparnasse, le lycée fut bouclé à double tour. Les parents applaudirent. Plusieurs garçons de terminale paradèrent dans la cour avec des clubs de golf et des bombers, ils juraient qu'ils allaient sortir pour « casser du gauchiste ». Je ne sus jamais s'ils étaient passés à l'acte ou pas. C'était le GUD lycéen. De toute façon, je ne savais pas me battre.

Une seule fois, mes parents doutèrent de leur choix éducatif. Un dimanche du début de l'été 1984, ils s'étaient laissé embarquer à Versailles dans une manif géante pour la défense de l'école libre. Mon père se demandait ce qu'il faisait au milieu des lodens et des colliers de perles mais les profs avaient dit qu'il fallait y être. Et il avait obéi – c'était un de ses nombreux paradoxes. Mais, quoi qu'il fasse, il ne ressemblerait jamais aux pères de mes camarades. Un curé, en rangers sous la soutane, beuglait :

— Savary t'es foutu, l'école libre est dans la rue !

Sa voix de stentor résonnait dans les larges avenues patriciennes qui menaient au château du Roi-Soleil. C'était une marche militaire, à l'ambiance grave et cléricale. Le service d'ordre était assuré par des pères de famille bénévoles qui avaient enfilé un brassard frappé du blason de l'établissement et de la devise de Bayard ; la plupart portaient des foulards de soie et étaient chaussés de grosses Paraboot. Le reste de la semaine, ces hommes étaient médecins, avocats, notaires, banquiers, mais il suffisait de leur donner un talkie-walkie et une mission pour qu'ils se transforment en véritables flics. Je me rendis compte avec effroi que la plupart des pères qui encadraient le cortège avaient engendré mes pires persécuteurs du foot. Sous prétexte de contrôler les flux de manifestants, de maintenir l'ordre, ils criaient dans les micros jusqu'à les faire grésiller. Un petit maigre tout sec, avec d'énormes gants de cuir noir qu'il frottait l'un contre l'autre, se mit en tête de commander la manœuvre. Il engueulait carrément les manifestants, leur parlait comme à des chiens. Le petit kapo en chef s'approcha de mon père qui, à son goût, s'écartait un peu trop du gros du troupeau pour fumer une cigarette.

— Restez avec les autres.

Mon père le regarda et continua à cloper comme si de rien n'était.

— Groupés, j'ai dit ! aboya le maigre.

Mon père l'empoigna par le foulard :

— Tu veux que je te pète la gueule ?

Ma mère cria :

— Arrête, tu nous fais honte !

Les gens s'écartèrent de nous comme de pestiférés. Mais le service d'ordre nous ficha la paix jusqu'à la fin de la manifestation.

L'année de mes dix-huit ans, je décidai de devenir quelqu'un d'autre, quelqu'un de vraiment plus fort. Ce qui réclamait un dépassement de soi, une réinvention totale. Il fallait agir vite parce que je manquais de virilité. Je devais penser à l'avenir. Les mecs qui en avaient dans le pantalon gagnaient plus de fric, tombaient toutes les gonzesses, raflaient les postes de premier plan. Les parents appelaient cela le « charisme ». J'étais convaincu que j'en étais capable, que c'était une question de volonté. Un stage d'été, dans une usine de papier où personne ne me connaissait, me parut le moment opportun pour opérer ma métamorphose. Je voulais acquérir l'assurance et la bestialité d'un prolo.

Je me mis à parler fort, à boire de la bière, à roter, à cracher par terre. Je marchais en jetant les jambes devant moi et faisais des gestes brusques. Je m'achetai un Perfecto et me laissai pousser les cheveux au bol. Les ouvriers de l'usine me surnommèrent « Depardieu ».

Je trimai toutes les nuits du mois de juillet au siège de l'entreprise, vers la porte Maillot, à décharger des rames de papier. C'était un premier job de lycéen et avec l'argent de sa première paie, gagnée à la sueur de son front, « Depardieu » offrit à sa grand-mère un bouquet de fleurs artificielles, des lys dont les longues tiges étaient en matière plastique vert bouteille et les larges pétales en tissu synthétique. Cet été-là, j'étais carrément en rut, affamé de sexe. Mon corps suppliait d'être libéré du pucelage. Je rêvais d'assouvir mes bas instincts. Pareil à Chirac. Il paraissait que les femmes qu'il baisait dans tous les recoins de l'Hôtel de Ville le surnommaient « Dix minutes douche comprise ». Le corps avait besoin d'abattage, d'étreintes brèves et mécaniques, de coïts animaux avec des inconnues chaudasses et libérées comme les femmes du « Strip-tease des copines ». Mais où les rencontrer ?

Le bordel d'une armée en campagne aurait pu faire l'affaire, comme celui de Casablanca dans la chanson de Jacques Brel – *au suivant, au suivant*. Dans mon lycée de garçons, il y en avait encore pour y croire. Mais l'époque n'était plus aux putes à soldats. J'avais lu avec une admiration sans bornes une biographie de Jacques Chirac, toujours lui, apprenant qu'il s'était dépucelé dans une maison close d'Alger pendant une année dans la Marine. Au moins, ça avait de la gueule. C'était tout ce que mon corps réclamait. Un amour tarifé pour tringler un bon coup.

Dans l'usine, un des chefs d'équipe, un Portugais avec lequel j'avais sympathisé, m'avait sorti de son portefeuille les photos de la maison avec piscine qu'il se faisait construire en Algarve. Toute sa famille avait été expédiée là-bas début juillet. Souvent, au cœur de la nuit, il s'absentait pour aller voir ses « copines » dans le bois de Boulogne voisin.

Très vite, « Depardieu » rêva de rencontrer une prostituée. Personne dans sa famille n'en saurait jamais rien. Tous les moyens étaient bons pour repousser le moment d'entrer dans le monde normal. Mais j'eus peur de m'aventurer dans le territoire inconnu du bois, qui avait mauvaise réputation. Alors je passai des nuits entières à tapoter sur le Minitel, 36-15 code ULLA, pour contacter une professionnelle. Une experte, habituée aux envies pressantes et désordonnées des jeunes recrues, qui devrait donner des consignes et fixer la cadence. Je ferais ce qu'elle me dirait, sabre au clair, puis je lui laisserais un billet de cent francs sur la table basse, éviterais de lui dire poliment « Merci et au revoir madame » en baissant les yeux mais sortirais avec de grands airs de matamore.

Sur le Minitel, la plupart des messages étaient rédigés sous forme de petites annonces obscènes du genre des propos dont les toilettes publiques étaient couvertes : « JH dominateur, bien monté, cherche femme pour sodomie ». Deux personnes, sous couvert de pseudos, pouvaient se retrouver dans un « salon » pour s'écrire en privé des propos de plus en plus crus. Des adolescents s'essayaient au Minitel rose sans visiblement maîtriser l'argot du sexe. Groszob92 demandait à Fleurette75 : « Tu mouilles ? » Ce à quoi elle répondait : « Euh... oui, il fait très chaud ! » Elle devait avoir treize ans. C'était vraiment glauque mais je finis par échanger des messages avec une professionnelle et je pris facilement rendez-vous. Je n'avais jamais mis les pieds rue Oberkampf, qui me parut un coupe-gorge. Je traversai un couloir empli d'odeurs de cuisine et sonnai.

Quand elle entrebâilla sa porte, bloquée par une mini-chaînette dorée, un bichon ou un yorkshire se mit à gueuler à la mort entre ses jambes. La dame, petite et grosse, portait un peignoir en soie et des mules roses avec des plumes sur le dessus. Je crus me tenir face à la vieille infirmière du collège, une religieuse qui m'avait tâté les testicules pendant la visite médicale d'entrée en sixième. Même tête fripée, mêmes paupières tombantes, même air las. Je ne pouvais quand même pas baiser avec sœur Henriette! La vieille pute me fixait, l'air impatient. Sa bouche, enduite d'un rouge à lèvres outrancier, se tordit:

— Alors, ça vient? T'as quel âge d'abord?

Je transpirais à grosses gouttes, pressé de m'enfuir:

— Je suis mineur.

— Dégage, je ne prends pas les gosses, moi.

C'était une évidence, mon père étouffait à la maison, mais, à la suite des scènes de ménage, il avait la délicatesse de ne disparaître que quelques heures. Il adorait ses fils et restait pour eux. Il lui fallait tenir encore quelques années dans l'asphyxie familiale pour les conduire jusqu'à l'âge adulte, les protéger et les aider à grandir; ses passions grandioses, les histoires qu'il s'inventait, lui permettaient de patienter, mais il savait bien que le vrai bonheur n'était pas envisageable dans une famille où il se sentait humilié et traité en larbin. Ce n'était pas non plus un sacrifice discret, de pure abnégation. Toujours sujet aux coups de sang, il mettait régulièrement en scène son départ avec un sens du drame développé. En général, après un tour d'une heure dans le quartier, il revenait, calmé, jusqu'au prochain simulacre d'abandon du domicile conjugal. S'il n'était pas prédestiné à être heureux, gêné par un caractère entêté et orgueilleux, il était surtout perdu dans les codes et les usages d'un milieu qui n'était pas le sien mais qu'il avait désiré plus que tout.

Avec mes premières rencontres féminines, je m'infligeai sans m'en rendre compte les punitions les plus sévères. Mon pire châtiment amoureux eut pourtant un doux prénom : Nadège. Une beauté glacée, silhouette anguleuse, blonde aux yeux bleus en amande, parfaitement mutique et impassible ; elle n'était pas tombée dans ma vie par hasard, nous nous étions reconnus au premier regard comme si tout m'avait mené logiquement jusqu'à une jeune fille perdue – renfermant le plus puissant concentré de frustrations possible. Les gens qui sont guidés par un manque abyssal, un sentiment de rage caché exhalent un parfum particulier, vénéneux ; elle incarnait l'attirance noire qu'exercent certains êtres malheureux sur leurs compagnons d'infortune. Ses airs boudeurs de victime inconsolable m'excitaient plus que tout. Je voulais la sauver, en rêvant secrètement qu'elle me sauverait à mon tour. Nadège souffrait du divorce conflictuel de ses parents, sa mère l'élevait dans le dégoût de la gent masculine, un ramassis d'ivrognes vantards, de violeurs, de brutes, de dégénérés.

Dans la classe de prépa où j'étais inscrit, il y avait des filles ouvertes et souriantes, bien mieux dans leur peau, mais je fus attiré comme un papillon de nuit par la reine des tarées, celle qui cherchait toujours à fuir les contacts véritables pour ne pas se dévoiler. Son mystère maléfique m'hypnotisait. J'étais encore d'une candeur à faire peur. En réalité, une fois que j'eus accompli le premier pas, elle se laissa conquérir assez facilement. Rapidement, nous passions les après-midi ensemble au lit, après avoir pris deux chemins différents à la sortie du lycée pour que les autres élèves ne puissent pas soupçonner notre idylle. Nous ne nous adressions jamais la parole en public.

Nadège était prisonnière de névroses envahissantes. La simple vue de couteaux de cuisine la fascinait et l'épouvantait, lui inspirait des phobies d'impulsion, lui donnait l'illusion qu'elle allait perdre le contrôle, saisir l'une de ces grandes lames et la planter dans la gorge du premier venu. C'étaient de courts flashs, presque des hallucinations. Elle restait souvent prostrée et m'avoua qu'elle avait passé toute une nuit enfermée dans un placard de cuisine, seule chez elle, en proie à ces pensées meurtrières et terrifiantes. Nous eûmes des rapports sexuels, brefs et tristes. Elle s'accroupissait dans la baignoire, se lavant minutieusement. J'avais l'impression qu'elle cherchait à désinfecter chaque centimètre carré de sa peau. Le sexe nous révulsait de plus en plus. J'étais malheureux comme les pierres. Dans un corps-à-corps pathétique, nous luttions en vain pour guérir, mais au fond notre histoire ne constituait de toute évidence qu'une course folle vers plus de souffrance.

En perdition, nous avions passé quelques jours au bord de la mer dans une grande maison qu'on nous avait prêtée, mais la nuit Nadège me réveillait sans cesse, alarmée, convaincue d'entendre des bruits suspects dans la villa, des intrus, des tueurs fous, cherchant à forcer la porte pour faire irruption dans notre chambre et nous massacrer. Je finis par prendre peur moi aussi, nous nous étions barricadés et n'avions pas fermé l'œil de la nuit, les poings serrés sur les manches de longs couteaux. Nadège m'entraînait vers le fond. En rentrant à Paris, je mis un terme à notre histoire de fous.

Ces années-là m'auraient peut-être souri si Chirac avait été élu. Il ne pensait qu'à ça, la conquête de l'Élysée. Il était si tendu vers son but qu'on aurait dit un gosse trépignant de joie impatiente. Le sourire carnassier, les cheveux plaqués, les yeux rieurs derrière ses grosses lunettes. Mais son élection en 1988 s'annonçait mal. Même dans notre milieu, on avait commencé à dire qu'on ne vivait pas si mal sous les socialistes, que les chars russes n'étaient plus qu'un lointain souvenir, que Mitterrand avait fait la peau aux communistes et aux pires idées de gauche. La Bourse atteignait des sommets. On s'enrichissait. Chirac fut donc battu par Mitterrand en pleine tontonmania. Pour couronner le tout, mon père qui était un optimiste, un battant, dit à ses fils qu'au fond Chirac n'était qu'un nul, un loser, un has been qui avait manqué son rendez-vous avec l'Histoire.

11

Chaque matin, mon père me conduisait en voiture jusqu'à une station de RER. Je venais d'être admis en khâgne. Son anxiété atteignait des sommets, on aurait dit qu'une grenade dégoupillée traînait sur le tableau de bord de sa Peugeot 205 GTI. Plus il avait le sentiment de passer à côté de ses aspirations grandioses, plus sa frustration pesait sur moi. La perspective du concours de Normale Sup enflamma son orgueil blessé. Il n'y connaissait rien, il voulait juste que son fils fasse la meilleure école de France. Il croyait toujours sincèrement qu'il fallait être sur mon dos, me tyranniser pour tirer de moi quelque chose d'exceptionnel. Je ne pouvais pas me dérober. Notre court tête-à-tête matinal était une épreuve oppressante. Nous ne pouvions plus nous comprendre. Il était à vif, malheureux, incohérent. Ses coups de volant, sa manière de porter sa cigarette à ses lèvres et de lâcher la colonne de fumée dans un long soupir, de réduire le papier de chewing-gum à une minuscule boulette de papier argenté, tout trahissait une nervosité à fleur de peau. Une agressivité qu'il ne savait plus contre qui tourner.

Il me harcelait pour connaître mes dernières notes, n'écoutait pas mes réponses, s'inquiétait de savoir si j'étais enfin entré dans le peloton de tête, s'impatientait au feu rouge. Il se tournait vers moi avec son air d'écoute furieuse, celle qui ne faisait que préluder l'explosion de ses reproches. Nous roulions de plus en plus vite vers le bord du précipice.

Le concours de Normale Sup était une épreuve imprévisible. Dans ma série, trente lauréats seraient retenus sur deux mille candidats – tous triés sur le volet, issus des meilleurs lycées de France. Dès le mois de septembre, les professeurs notèrent les copies dans les conditions du concours. Mes notes furent très basses ; la tendance était haussière mais je partais de très loin. Je n'avais aucune chance. Mon père m'accusait sans arrêt de défaitisme, de mollesse, de lâcheté alors que je n'avais pas livré le combat. Croyant me consentir une faveur extraordinaire, il me rabâchait sa grande phrase d'un air exalté : « Sur un coup de génie, tu éblouis le jury ! » Réussir ou échouer dans la honte et le déshonneur. À ses yeux, il n'existait pas d'alternative. Je lui réclamais de l'indulgence, un biais pour prendre un peu de recul. Ce soutien ne vint jamais.

Plus les mois passaient et me rapprochaient du concours, plus une sorte de colère froide et invincible s'emparait de lui. Son aveuglement me faisait souffrir. Quelque chose de terrible s'installa dans mon corps bien avant que mon esprit n'en prenne conscience. Pendant les vacances de Noël, je me sentis envahi par la peur paralysante d'échouer. Je me couchais sur mon lit, me recroquevillais en position fœtale, pris de crises de larmes irrépressibles. Douleurs thoraciques, insomnies. La dépression nerveuse s'infiltrait comme un poison. En me réveillant, j'étais de moins en moins capable d'affronter une nouvelle journée. Personne dans ma famille n'avait jamais consulté de psychiatre, tous les clichés sur ces médecins de l'esprit avaient cours. Pour ma mère, il n'existait pas la moindre défaillance mentale dont une bonne cure de vitamine C ou de magnésium ne puisse venir à bout.

Comme c'était hautement prévisible, j'échouai au concours de Normale Sup. Sur la liste des résultats affichée devant la Maison des examens, mon nom avait sombré dans les profondeurs du classement à un rang si obscur que mon père, piqué au vif, exigea aussitôt que je redouble pour laver son honneur.

Je m'approchais encore un peu plus du vide. Tout l'été, je broyai du noir sans rien oser dire. Je devais obéir à mes parents. L'édifice était déjà si bancal, je n'avais pas le droit d'ajouter mes propres tourments aux leurs, tellement plus graves. Au-delà de la façade heureuse, ma famille était une construction lézardée promise à s'écrouler, une juxtaposition d'individualités malheureuses, avec l'amour en lambeaux. Il me paraissait inconcevable qu'à vingt ans ma vie soit réduite à si peu de chose, que je meure sans avoir vécu, alors que j'avais toujours rêvé d'amour et de liberté.

Je fis ma rentrée au lycée à Versailles en septembre pour commencer une seconde année de khâgne mais, au bout de trois jours, un tel malaise physique et moral me paralysa qu'après avoir été déposé par mon père au RER, je fonçai immédiatement aux urgences. Aussitôt arrivé, je fondis en gros sanglots devant les médecins. Sous mes pieds, l'abîme du désarroi existentiel s'ouvrait. Je chutais dans un précipice sans fond. Ils diagnostiquèrent une crise d'angoisse puis une profonde dépression nerveuse.

J'ai passé dix-neuf jours enfermé au service de psychiatrie de l'hôpital du K., à un étage où les ceintures et même les lacets étaient retirés aux patients, où les couverts en plastique évoquaient les risques suicidaires plus que les pique-niques champêtres, où les fenêtres étaient scellées.

Les rares visiteurs autorisés devaient sonner aux heures prévues l'après-midi et attendre la réponse devant l'interphone face à une lourde porte en métal. Très vite, les médicaments psychotropes firent leur œuvre. J'ignorais si une heure ou une journée passait. Le vide propre à cet abrutissement était plutôt agréable, cotonneux. Une apesanteur permanente. Je me demandais si j'allais revenir un jour de ces contrées brumeuses.

Dès que l'effet des médicaments se faisait moins sentir, mon esprit entrait en ébullition. L'impression d'avoir sauvé ma peau était alors d'une intensité brûlante. Impossible de dormir certaines nuits, j'étais électrisé et sidéré par ce que j'avais réussi à faire : tenir tête à mon père. Je pourrais bientôt sortir tranquillement de l'hôpital, le temps que ma famille prenne acte de ma décision d'interrompre la classe préparatoire, et je reprendrais le contrôle de mes études et de ma vie en général.

Lors de leur première visite, mes parents étaient en état de choc, incapables de comprendre contre quoi je luttais. Qu'est-ce qui s'était détraqué chez leur fils si brillant, si obéissant ? On aurait dit deux champions de boxe interrompus en plein match, pour regarder un spectateur quitter les tribunes sur la pointe des pieds. Pour les épargner, je leur répétais que la dépression était aussi imprévisible qu'un orage qui éclate dans un beau ciel d'été. En vérité, je luttais depuis des années pour les rassurer. Ils faisaient mine de me croire ou plutôt nous nous efforcions tous les trois d'y croire. J'avais l'impression de mener le jeu pour la première fois. Je leur répétais que cette saleté de dépression nerveuse n'était que « réactionnelle » et donc beaucoup moins grave qu'un état diffus de désespoir ; sa cause était facilement identifiable, c'était l'échec à un concours dans lequel je plaçais d'immenses espoirs, peu réalistes. C'était mon inexpérience et mon manque de lucidité qui étaient en cause. Tout cela était bien délimité, carré, clair et net comme une fracture de la jambe. Tant pis si en vérité mes choix personnels et ma jeunesse n'avaient pas grand-chose à voir là-dedans, je n'avais pas envie de parler d'autre chose, d'incriminer qui que ce soit, de laisser les médecins fouiller dans les vieux souvenirs. Trop dangereux. Tout ce qui arrivait n'était la faute de personne. Nous nous en tiendrions à la version officielle. Il y avait tant d'histoires troubles dans notre vie familiale que le monde extérieur n'avait pas le droit de connaître.

À l'hôpital, j'étais techniquement libre, arraché aux ambitions délirantes de mon père, à l'influence sournoise et perverse de ma grand-mère, mais les médecins commandaient et d'une certaine manière j'étais encore soumis à une puissance supérieure. Face à une institution – ou plutôt une religion, issue de l'université, vénérée par un clergé de la santé mentale. Le vide intérieur, d'abord réconfortant, l'enfermement à l'hôpital m'apparurent bientôt des sanctions insupportables. Les pensées s'ensablaient, se perdaient dans les limbes, aucune d'entre elles n'atteignait le niveau de lucidité nécessaire pour que je me sente parfaitement moi-même.

Les tensions accumulées depuis des années m'avaient mis à genoux mais mon épuisement s'accrut encore. Le ballet des jeunes internes en psychiatrie devint vite usant. Ils avaient à peine plus que mon âge, je pouvais déchiffrer leur nom gravé sur le badge qu'ils portaient au revers de leur blouse blanche, ils ressemblaient à mes condisciples du lycée d'élite, bien coiffés, bien habillés, mais la proximité s'arrêtait là. Chaque matin, l'un d'entre eux, au visage poupin avec une ombre de moustache, se présentait dans ma chambre. Avant qu'il n'ait ouvert la bouche, je savais la question qu'il s'apprêtait à me poser : « Entendez-vous des voix ? » Je ne répondais plus. C'était cette question qui m'avait valu d'être transféré en service fermé le deuxième jour après mon admission et de me voir perfusé avec un violent neuroleptique.

Il y avait eu autre chose. Je m'étais scarifié l'avant-bras avec mon gros stylo-plume Sheaffer. À un moment, j'avais sombré dans une spirale infernale d'autodépréciation. Je n'étais pas à la hauteur des attentes de mes parents, je n'étais qu'un pauvre nul, un raté. Le lien étouffant qui m'attachait à mon père que j'adorais m'avait presque détruit. C'était une décompensation brutale. Les infirmiers avaient accouru, m'avaient retiré le stylo de force et enveloppé le bras dans un gros bandage. Ce n'était qu'une estafilade superficielle, comme une signature très appuyée qui m'avait libéré d'une pression écrasante. Toute cette histoire d'automutilation était pain bénit pour les interprétations des psychiatres.

Mais l'histoire de la voix était vraiment plus intéressante. En me réfugiant aux urgences, j'avais suivi pour la première fois ma voix intérieure. J'avais eu le courage de désobéir à ma famille et de laisser éclater ma douleur au grand jour. Lorsqu'on a été isolé aussi longtemps, des années durant, sur sa petite planète, on apprend à comprimer une voix intérieure, pleine de bon sens, qui enfle à l'intérieur de soi, presque décuplée à force d'être opprimée ; elle croît, croît, croît parfois pendant des décennies, à mesure qu'on essaie de la bâillonner. J'avais donc suivi cette voix, ma voix intime, pour la première fois. Je n'ai cessé de l'écouter depuis lors.

La plupart des patients du service me faisaient peur. Toutes les nuits, les pompiers déposaient de nouveaux fous ramassés dans la rue ou dans les couloirs du métro. Des gens qui parlaient tout seuls, se grattaient, grognaient.

Certains poussaient des cris aigus d'animaux. La plupart n'avaient plus aucun lien familial et ne possédaient rien. Ils portaient les pyjamas de toile bleu ciel à manches courtes fournis par l'Assistance publique. Surtout, leurs réactions étaient totalement imprévisibles. D'abord mortifié par leur compagnonnage, j'avais fini par éprouver de la compassion pour certains d'entre eux. Un temps, j'avais même sympathisé avec un certain monsieur Albin. C'était visiblement un intellectuel. Quand il était entré dans le service, on aurait dit un naufragé rejeté par un ouragan sur une île déserte. Ce Robinson Crusoé n'avait plus rien, portait des haillons, même les lunettes indispensables à sa vue de myope avaient disparu, les infirmières lui en avaient procuré une paire à grosse monture noire de plastique. Ses cheveux étaient rasés, son crâne restait rongé sur un côté par la gale. J'avais admiré son érudition. Un matin, monsieur Albin était assis face à moi, quand il avait été pris d'une crise de démence. Il avait attrapé son plateau et l'avait envoyé valdinguer avec le bol de chocolat encore plein. Le liquide brûlant m'avait éclaboussé et blessé, j'avais eu peur que l'homme me saute à la gorge, puis il s'était mis à hurler à la mort et à se montrer menaçant face à l'infirmier, qui avait fini par appeler du renfort. Je ne le revis jamais. Monsieur Albin était désormais enfermé dans sa chambre jour et nuit comme la plupart des patients incurables abandonnés à la chimie.

Le petit groupe de malades privilégiés auquel j'appartenais avait le droit d'errer dans les couloirs, marchant à pas lents en traînant les perfusions suspendues à des potences. J'étais complètement abruti. Nous étions parfois si statiques que nous étions devenus comme des meubles, des chaises humaines, les femmes de ménage passaient avec une certaine pitié la serpillière entre nos pieds, n'osant pas nous adresser la parole ni nous regarder en face. Elles avaient tout leur temps. Ces goutte-à-goutte rythmaient la journée. Leur dosage et la nature des produits qu'on m'injectait dans les veines m'étaient à peine exposés sinon en termes très techniques, réduits aux effets sédatifs ou stimulants par les petits docteurs qui se faisaient la main sur nous. Pour eux, j'étais déjà passé de l'autre côté, j'appartenais à cette horde de mendiants hallucinés. Tout ce que je pouvais avoir à dire était interprété à l'aune de mon dérangement mental. L'ironie, l'humour, la poésie, le lyrisme passaient pour les dangereux signes annonciateurs d'une bouffée délirante.

L'après-midi, je me rendais à un atelier d'ergothérapie. J'avais tissé un pot à crayons en osier sous les encouragements enthousiastes de la thérapeute. Un bol d'air, une courte balade était permise dans les jardins de l'hôpital à condition d'être surveillé par une infirmière. Les rayons du soleil de septembre me réchauffaient mais la lumière m'agressait, j'avais mal aux yeux.

Qu'est-ce que je foutais là ?

Mes parents me rendaient visite tous les jours. Ma mère se tenait au bord de mon lit, triste et bouleversée. Elle essayait de me soutenir mais sa culpabilité me faisait encore plus de peine. Mon père, furieux, ne disait rien. Il ne retirait pas son duffle-coat, gardait ses clefs de voiture à la main puis repartait rapidement sans avoir ouvert la bouche. Toutes ses théories éducatives étaient invalidées : le ressort avait fini par casser à force d'avoir été écrasé. J'essayais de les consoler, sans grand succès. Mes parents faisaient de leur mieux, sans doute me donnaient-ils plus d'affection et d'attention qu'ils n'en avaient reçu, mais c'était tellement insuffisant et si peu naturel. Je les suppliai de me sortir de là. Les médecins s'y opposèrent. Mes parents me défendirent. Nous nous tenions dans une empoignade obstinée, ils avaient horreur autant que moi de laisser ces blouses blanches fourrer le nez dans nos affaires de famille et décider à notre place. Finalement, ma sortie se ferait à nos risques et périls. Mes parents, Dieu merci, signèrent la décharge juridique qui me libéra de ce triste royaume des aliénés. J'avais toujours désiré rompre mon isolement. Paradoxalement, je me sentis fort et libre comme jamais pendant la période de convalescence qui suivit. Même si j'étais encore incapable d'offrir un visage cohérent aux autres, c'était un soulagement. Je quittais un monde où on ne parlait pas mon langage. J'avais vingt et un ans, ma vie d'homme pouvait commencer.

Mes parents me fichèrent la paix, il était devenu manifeste que je souffrais. Je pouvais maintenant décider des études que je suivrais, du métier que je ferais sans avoir mon père sur le dos. Très vite, j'eus une conviction : si je voulais sauver ma peau, il fallait que je parte très loin de ma famille, que je construise ma propre vie à l'écart. Tout m'était devenu possible. Et je n'avais pas trahi le vieux serment que j'avais fait à ma grand-mère. La vie reprit. Plus personne ne me posa de questions à propos de ma dépression « réactionnelle ».

12

Vers l'âge de trente-cinq ans, j'ai pris conscience qu'il n'y avait pas eu que les paroles dégoûtantes de ma grand-mère, mais ses gestes aussi – ses mains posées sur mon sexe, un nombre incalculable de fois.

Le « rituel » était entré dans ma vie au moment de l'élection de Jacques Chirac à la mairie de Paris, en 1977, il m'avait abîmé jusqu'à mes quinze ans. Tous les mardis soir des années qui ont suivi se sont ressemblés dans ma tête sans que personne ne se doute de rien. J'avais été livré à son emprise, à ses assauts, à sa perversité. Selon l'envie qui la prenait.

Par un souci d'exactitude que je ne m'expliquais pas, les choses les plus banales étaient prises en photo par ma mémoire visuelle, les odeurs de sa salle de bains où j'avais pénétré mille fois à son invitation, je les avais enregistrées. Le parfum de l'eau de Cologne de mon grand-père qui emplissait la pièce, aussi celui de sa lotion Pétrole Hahn : une note très nasale et tonique, émanant d'un liquide d'un bleu chimique comme du curaçao. Il y avait quelque chose de comique à l'observer frictionner chaque jour sa couronne de cheveux blancs, croyant qu'il pourrait ralentir les progrès de la calvitie alors qu'il était déjà presque chauve.

Il y avait aussi le contact un peu répugnant du tapis antidérapant en caoutchouc ventousé dans la baignoire, méduse tiède et molle sommeillant toujours au fond du bain. D'autres détails perdurent avec cette même précision. Une éponge, un galet de mousse couleur framboise. Une autre, rectangulaire, corail, avec de larges alvéoles irrégulières pour imiter les éponges naturelles de Méditerranée. De grosses éponges spectaculaires pour la toilette, capables de s'alourdir, de se gorger d'une quantité d'eau considérable pour permettre le rinçage d'un corps en entier. Mais le plus marquant était la chaleur d'étuve qui régnait dans la pièce sans fenêtre. Le mur droit était occupé par un grand placard chauffant qui faisait office de sèche-linge. Ses portes aux fermetures aimantées étaient souvent ouvertes sur les vêtements, les chemises de nuit, les grands slips de mon grand-père qui déployaient leurs ailes de chauve-souris ; une légère vapeur se dégageait de la caverne et embrumait les lieux.

La moiteur envahissait l'espace, donnant à la pièce une ambiance voilée de bain oriental. La buée avait recouvert le miroir à main gauche, où je traçais des dessins et des arabesques. Ce sèche-linge troglodyte qui jouait un rôle important à l'époque était un gadget assez luxueux. Ma grand-mère m'avait répété qu'ils s'étaient payé l'appartement témoin de la résidence, le plus haut de gamme, entièrement meublé par des décorateurs, photographié et mis en avant sur les plaquettes publicitaires du bureau de vente.

Au moment où je sortais de l'eau, je me disais qu'il ne fallait pas m'en faire, ces choses arrivaient dans toutes les familles, je me souvenais que la mère d'un copain lui lavait la langue au savon chaque fois qu'il prononçait le mot « putain ». Nu, debout sur le petit tapis en éponge, je frissonnais et essayais de rentrer le pli du ventre sous les côtes.

Ma grand-mère se penchait sur moi, fronçait les sourcils, fixait quelque chose comme si un insecte minuscule qu'elle était la seule à distinguer rampait sur mon nombril puis elle se mettait à frotter longuement mon pénis avec l'éponge :

— Promets-moi, mon chéri, que toi au moins tu ne seras pas un cavaleur, un beau dégueulasse qui couche avec toutes les filles qu'il croise. Que tu ne seras pas un beau salaud comme ton père. Que toi, tu ne feras pas toutes ces cochonneries.

Je sentais que quelque chose d'effroyable et d'irréparable était en train de se produire. Je mesurais un mètre vingt, pesais vingt-deux kilos ; un escargot de chair tendre et chauve s'accrochait à mon pubis, ma peau était fine et blanche, mes grands yeux noisette, effrayés. J'étais la poupée sur laquelle elle déchargeait ses pulsions immondes mais j'ignorais encore que cette saleté de dégoût entrait dans mon corps et continuerait à y entrer pendant des années, au fil des toilettes qu'elle m'imposerait. Le plus atroce était, à ce moment-là, de penser à mon père que j'adorais.

Ma grand-mère s'acharnait sur moi. Quelque chose de vorace, de sauvage déformait ses traits. Une sorte de vengeance folle. Certains mardis soir, elle frottait mon sexe très vite, comme si elle astiquait un petit jésus de cuivre ou comme si elle tentait de décoller avec obstination une tache de graisse calcinée au fond d'une casserole oubliée sur le feu. D'autres fois, moins fréquentes, elle passait l'éponge doucement sur mon pénis avec un sourire bébête et émoustillé comme une petite fille perverse. Quand j'eus douze ou treize ans, ce frottement qui s'apparentait à une forme de masturbation aurait pu, à mon corps défendant, devenir agréable. Mais il aurait fallu faire abstraction des dingueries qu'elle me serinait par la même occasion.

Je perdis à jamais ma confiance en moi, partie en petits morceaux mardi soir après mardi soir, remplacée par un sentiment de honte gluant comme le tapis qui croupissait au fond de l'eau savonneuse.

Pour ne pas penser à ces choses effroyables, je m'efforçais de ne plus habiter mon corps pendant notre rituel et de ne penser à rien. Je la laissais faire. Cette sorte d'apnée mentale me donnait le sentiment de contrôler la situation. Entre ses mains, j'étais comme mort et ressuscité, transfiguré. Quelle importance, après ça, de vivre ou de mourir. Quelquefois, je profitais de ce dédoublement pour sortir de mon corps, avec l'impression étrange de voler et de flotter jusqu'au plafond ou de regarder la scène à travers l'objectif d'une caméra. À la fin, j'en tirais même une certaine supériorité, merveilleuse et céleste, en corrélation avec les incitations à teneur religieuse de ma grand-mère. J'étais devenu comme un petit ange. Intact, immaculé, inaccessible à la souillure et à l'attirance sexuelle, aux pulsions répugnantes qu'il fallait repousser de toutes ses forces. Je ne serais jamais comme mon père, parole d'honneur, je resterais toujours un modèle de pureté.

Après m'avoir lavé, ma grand-mère m'enveloppait soigneusement dans un gros peignoir en éponge, me frictionnait puis me conduisait jusqu'au prie-Dieu de mon grand-père, au coussin tendu de velours cramoisi, placé dans l'angle sombre de leur chambre à coucher. C'est là que ce grand croyant disait ses prières du soir. C'est là aussi que nous nous agenouillions, les mains jointes, à réciter tous les deux des *Je vous salue Marie* à la chaîne, de plus en plus vite, presque sans respirer, pour implorer le pardon du Seigneur. Le lendemain du premier bain, ma grand-mère avait dû sentir que j'avais le cœur gros. Alors, elle m'attira contre elle, me serra contre son gilet, me caressa tendrement les cheveux.

Quelquefois, les yeux vides, elle se mettait à fredonner une rengaine qui me donnait des frissons. Les accents tristes et aigus de sa voix ne s'accordaient pas vraiment avec les paroles de cet étrange fox-trot oriental, il y avait quelque chose de fatal, de mécanique dans son chant, comme celui d'une boîte à musique :

Sous le ciel du Japon à Nagasaki,
Un Français rencontra You-you la jolie
C'était une petite Japonaise aux yeux noirs comme de la braise
Toute mignonne sous ses grands habits.
On eût dit une poupée, un gentil joujou
Comme on en trouve dans les bazars à trois sous.

You-you, mon joli petit joujou,
Lui dit-il, très tendre,
On ne peut pas se comprendre
Mais va, l'amour n'a pas besoin de ça.

La petite ne comprit même pas un seul mot
Mais le Français sur la joue lui mit un bécot.

Le roi des « thés dansants », l'icône des maisons de retraite, Jack Lantier venait d'enregistrer cette trouble romance de 1911. Écouter ma grand-mère chanter « You-you la Japonaise » me figeait, me remplissait de chagrin, mais les pleurs restaient toujours bloqués en moi.

Je redoutais de devenir un être sexué en grandissant. De toute évidence, je me mettrais à faire du mal aux autres. L'appétit sexuel était une lourde tare qui pouvait se retourner contre soi. Je me prenais la tête entre les mains pour endiguer ce tourbillon de pensées. La puberté m'apparut comme la plus grande des calamités. Cette mue, ces poils qui commençaient à pousser, ces sensations gênantes que je voulais écarter de toutes mes forces, tout me faisait chavirer. Certes, il y eut des signaux, des appels au secours, mais si ténus ou indéchiffrables que personne ne put les comprendre.

En CM2, lors de la boum de fin d'année, la sœur d'un de mes copains m'invite à danser mon premier slow. Le regard immobile et concentré, je tangue d'un pied sur l'autre. Tabassé par l'émotion, je suis sur le point de m'évanouir quand je sens mon sexe durcir dans mon slip pour la première fois. C'est complètement interdit. Mais je ne le commande pas. Ce n'est pas possible d'avoir un corps, de le laisser prendre le dessus, il faut que je fasse quelque chose pour m'en libérer à moins de vouloir signer ma perte, mais aussi la destruction de ma famille.

À onze ans, je reste seul sur le tatami quand les autres regagnent les vestiaires. Je me tiens raide et hiératique avec l'idée de me laisser tomber face contre terre, sans rien tenter pour me rattraper, pour en finir avec la dictature de la chair. Je bloque ma respiration. Je suis suffisamment crétin pour mettre mon projet à exécution. Le coup de poing en pleine face puis le petit rebond contre le tatami ne me laissent aucun souvenir précis. Juste un étourdissement. Mais, en ouvrant les yeux, c'est un désastre. Visiblement, malgré mes efforts, je suis toujours prisonnier de cette saleté d'enveloppe charnelle. J'ai l'impression que mon arête nasale s'est enfoncée entre mes yeux, rétractée dans les replis de ma boîte crânienne. Un goût métallique envahit ma gorge. C'était un vrai geyser écarlate.

— Oh là. Qu'est-ce qu'il lui arrive à celui-là ? Venez vite.

On me découvre à quatre pattes sur le tatami, hébété, pissant le sang.

— Mais qu'est-ce que tu fabriques ? Tu veux que j'appelle tes parents pour venir te chercher ? me demande le prof.

— Non, ce n'est pas la peine.

Je rentre chez moi dépité, avec de longues mèches de coton dans le nez.

13

Je suis devenu journaliste pour approcher la vérité. Celle que les hommes politiques, les institutions, même les familles ordinaires cherchent toujours à cacher. J'en connaissais déjà un rayon sur les différentes méthodes pour la bâillonner, l'empêcher par tous les moyens d'affleurer. Quand j'ai décroché mon premier stage de reporter à la radio, à l'âge de vingt-quatre ans, je me disais que le plus important était de montrer que j'en avais dans le pantalon, à l'instar de mon mentor. D'autant que les cadors du métier ne faisaient pas dans la dentelle. La grande station où je mettais les pieds était dirigée à l'époque par un trio de mâles à l'ancienne. Le directeur était un sanguin aux colères froides et imprévisibles. À ses ordres, deux fidèles lieutenants tenaient la maison : le rédacteur en chef, un vieux Marseillais tiré à quatre épingles affectant de grands airs de parrain sicilien, et son adjoint, un gars surexcité, vague sosie de l'acteur américain Joe Pesci.

Au début de l'été, les chefs avaient sous la main un vivier d'une dizaine d'étudiants en journalisme triés sur le volet, venus faire leurs premières armes. Les nouvelles recrues, surtout celles qui comme moi présentaient un petit tropisme intellectuel, leur inspiraient de la méfiance. Aucun des représentants de la vieille garde n'était passé par une école de journalisme, le concept même leur donnait de l'urticaire ; ces gars-là sortaient de la rue, formés à l'école *France Dimanche*, populaire ; ils le répétaient, pour eux il n'existait qu'une porte d'entrée dans le métier, un seul juge de paix : les faits divers. Crimes sanglants, enlèvements d'enfants, disparitions, empoisonnements, crashs aériens, viols, accidents. L'actualité, une déesse capricieuse et injuste, permettrait au triumvirat de faire le tri entre le bon grain et l'ivraie. On verrait qui avait le caractère, le cran pour faire ce métier.

Naïvement, j'espérais me démarquer par la finesse de mes analyses, mon sens de l'observation, mes qualités d'écriture. Tous mes espoirs furent déçus quand le sous-chef annonça le programme :

— Avant la fin de l'été, nous serons débarrassés des reporters trop bulbés pour ne garder que les plus burnés.

L'obéissance absolue était requise dans les rangs. J'étais tellement content de travailler pour un grand média ! Je souhaitais à tout prix plaire à mes supérieurs. Mes parents m'avaient d'ailleurs rabâché qu'il fallait se rendre indispensable et tout accepter sans broncher, tel l'enfant doux et inoffensif qui cherche constamment à faire plaisir.

— Dis donc, bac + 12, j'ai un truc pour toi..., me dit Joe Pesci.

Il m'est tombé dessus avec une petite coupure de presse, de la taille d'une carte postale, découpée dans les pages Val-de-Marne du *Parisien* :

— Tiens, c'est pour toi.

Je lis avec appréhension : « Agressé dans le RER, ses bourreaux lui tranchent l'oreille au cutter. » Le petit chef se délecte de me voir me décomposer en découvrant le papier.

— Ça serait bien que la victime témoigne, t'as qu'à demander son adresse et tu fonces chez le gars, pas la peine d'envoyer un faire-part pour prévenir !

Il éclate de rire. Le spécialiste police-justice trouve vite l'adresse de la victime grâce à son réseau d'amis flics. Deux heures plus tard, je danse d'un pied sur l'autre devant une porte dans la cage d'escalier d'un immeuble de Créteil. J'ai une boule dans la gorge. Le type n'ouvre pas, mais je sais qu'il est planqué derrière la porte.

— Monsieur, je suis journaliste, j'ai lu votre histoire dans *Le Parisien*, j'aimerais vous parler...

Ma voix tremble un peu. Le gars ne fait plus un bruit, il doit attendre que je me décourage. Sans grand espoir, je glisse un petit mot sous la porte avec mes coordonnées. L'homme à l'oreille coupée ne rappelle jamais.

— C'est un ratage ! râle le vieux Marseillais.

Le lendemain matin, il m'attend de pied ferme avec une autre coupure de presse.

— Tiens, viens voir.

À son air renfrogné, je sens que j'ai intérêt à me racheter. Le titre de l'article me fait frémir de nouveau : « Nuit d'enfer pour une retraitée, torturée par ses cambrioleurs ». Cette fois-ci, le rédacteur en chef me fait asseoir face à son bureau :

— Bon sang, qu'est-ce qu'on vous apprend dans vos écoles à la con ? La vieille est encore hospitalisée. Règle cardinale : ne jamais se présenter sous l'identité de journaliste, acheter des fleurs ou des chocolats avant de te pointer, et si on te demande quelque chose dans le service hospitalier, t'as qu'à dire que t'es de la famille. Pas un parent trop proche mais un neveu ou un filleul. Compris ?

— Compris.

Roulant des mécaniques, un cador de la rédaction me raconte son stage. Il a « acheté » le témoignage de la mère d'une fillette violée dans un camping du Sud-Ouest rien qu'en offrant une montre cadeau aux couleurs de la radio.

En roulant vers l'hôpital, je me dis que je ne suis pas fait pour les crapuleries. « Je n'irai pas ! » Mais dix minutes plus tard je monte au service de réanimation, mon enregistreur Nagra en bandoulière. La vieille dame cambriolée est en soins intensifs. Quand j'entre dans sa chambre sans un bruit, elle ouvre les yeux et sursaute. Des tuyaux partent de son nez et courent en petites veinules transparentes le long d'un grand bavoir en papier. Quand je lui parle, elle ne répond pas. Je me présente à nouveau d'une voix plus distincte et plus forte, en me demandant si elle a toute sa tête. Soudain, la vieille dame se redresse, tendant les bras devant elle comme un mort-vivant dans un film expressionniste. Je crie :

— N'ayez pas peur ! Je suis journaliste !

Elle saisit sa propre gorge, comme en manque d'oxygène. Ses mains couvertes d'ecchymoses, presque entièrement bleues, montent vers sa bouche, les petits tubes de perfusion s'agitent au même rythme. Elle cherche à me faire comprendre quelque chose en désignant son visage affolé. Le temps que je saisisse qu'elle ne peut pas parler parce que sa mâchoire est brisée et soudée par deux plaques de métal, un agent de sécurité entre dans mon dos, sans un bruit. Soudain sa voix claque :

— Qui êtes-vous ?

Mes plates excuses n'y changent rien, le vigile m'adresse un regard de mépris quand je lui explique la situation et, après avoir parlé avec son chef dans un talkie-walkie, il m'interdit de quitter la pièce. Vont-ils prévenir la police ?

— Ce journaliste n'est qu'un charognard de la pire espèce.

Le gars m'escorte jusqu'à ma voiture et me crie d'aller me faire foutre, de ne plus jamais remettre les pieds dans son hôpital.

— Je suis désolé, elle ne pouvait pas être interviewée...

— Y a toujours un truc qui cloche avec toi ! dit le Marseillais. N'oublie jamais le vieil adage du métier : la chance fait partie du talent...

— Mais elle avait la mâchoire brisée !

— Tu me déranges quand je mange.

Plus j'échouais, plus j'en voulais. Les nouvelles recrues de la rédaction, elles, n'étaient animées que par l'esprit de compétition. La moindre défaillance serait utilisée contre moi, mes scrupules passeraient pour de la fragilité. Je connaissais la musique.

Dès qu'un fait divers de qualité supérieure, un de ces faits divers qui ont du génie, qui racontent une époque, qui permettent d'éclairer les angles morts de la société, dès qu'une histoire de ce genre survenait, elle passait sous le nez des stagiaires d'été, confisquée par l'aristocratie du métier : les journalistes en titre, les grands reporters et les chroniqueurs judiciaires. J'avais de sérieux doutes sur ma vocation. Les témoignages des victimes, du caviar pour les médias, étaient voués à renforcer les auditeurs dans l'idée que leur vie, si dure soit-elle, n'était qu'une promenade de santé comparée à ces destins foudroyés. Malgré tout, je décidai de m'accrocher. Le bizutage ne pouvait plus durer très longtemps ; je me ferais peu à peu une place dans la rédaction. Quel naïf !

Après le lycée de curés, j'entrais en fait dans une nouvelle armée aux règles virilistes. Il y avait les mêmes petits caporaux bornés, leurs chasses gardées, les prébendes ridicules et jusqu'à l'équivalent du mess des officiers. À la moindre alerte, les reporters fonçaient sur place, ventre à terre, pour glaner des tuyaux au bistrot du coin, les deux pieds dans la glaise de cette vieille France des bourgades et des terroirs. D'une certaine manière, j'adorais traîner mes guêtres dans les petites villes de province, rencontrer les « barons » locaux, les correspondants historiques de la station. Ces gars-là avaient leur table attitrée dans les meilleurs restaurants du coin, prenaient l'apéritif avec les procureurs et les colonels de gendarmerie, qui leur confiaient des infos de première main. Le fonctionnement de ce monde exclusivement masculin, balzacien, vermoulu et cadenassé, n'était pas difficile à cerner. Au fond, je n'eus aucun mal à m'y adapter : il fallait nouer des camaraderies, se trouver des « parrains » dans le métier. Pour garder leur équilibre, les hommes un peu sensibles et fins préservaient leur vie privée, conduite avec une certaine rectitude, tout en accomplissant leur boulot sans états d'âme.

À la conférence de rédaction, les chefs de service affectaient un réalisme brut, une lucidité comptable, un conservatisme qui passait pour la forme suprême de l'intelligence. Cela s'appelait avoir du flair, sentir l'air du temps. C'était à la portée de n'importe qui. Les Français, dans leur immense majorité, étaient de petits-bourgeois épris d'ordre, un peuple de droite toqué de Jacques Chirac. Je venais de ce milieu, de la classe moyenne ; je parlais le même langage que nos auditeurs.

Mon boss était un ministre de la parole, un politique frustré qui assouvissait sa passion pour le pouvoir à travers d'innombrables éditos, chroniques et interviews. Il maniait avec constance le fameux « *off the record* », les renvois d'ascenseur, les petites connivences avec le monde politique qu'il connaissait sur le bout des doigts – il dînait dans les mêmes brasseries que les ténors en vue, s'habillait comme eux. Il se prêtait à toutes sortes de coups montés, de combines en échange d'infos qui lui permettaient de prendre de vitesse les stations concurrentes. Les auditeurs n'assistaient qu'à des matchs de catch truqués, calibrés pour eux.

C'était le premier patron de presse que j'approchais. Je m'étonnais de ses contradictions. À 8 h 30, ce gars-là interviewait Martine Aubry, alors ministre du Travail, il la pressait de prendre des mesures contre l'explosion des contrats à durée déterminée, s'indignait que des centaines de milliers de salariés soient plongés dans la précarité. Et à 9 heures, le même homme me faisait tranquillement signer sur un coin de son bureau mon neuvième CDD de reporter, persévérant dans la plus parfaite illégalité. Que faire ? Tout le monde tremblait devant ce personnage charismatique, brutal et injuste. S'il surprenait les secrétaires de la station en train d'avaler les restes des viennoiseries surgelées destinées aux invités de la matinale, il clouait les gourmandes au pilori. Plusieurs assistantes, de solides femmes dans la cinquantaine, en avaient eu les larmes aux yeux.

Je me résolus à rentrer dans le rang, à faire carrière au sein de cette radio que j'aimais déjà avec l'affection réservée aux premières maisons, grâce aussi à la camaraderie des reporters. Il me suffisait d'attendre quelques années puis de postuler auprès des services plus intéressants, l'international et peut-être la culture... mais, en l'espace de quelques mois, un enchaînement brutal de circonstances modifia radicalement ma perception des choses.

La petite ville de Cosne-sur-Loire s'étire sur la rive nivernaise du fleuve, toute scintillante d'infinies nuances de cyan, de gris et de mauve sous le ciel bleu pastel. Je me gare devant la façade Art déco du cinéma L'Éden, l'appréhension me serre le ventre. Dans cette cité paisible, des dizaines d'élèves, de jeunes garçons exclusivement, ont été violés. L'instituteur qui s'en est pris à eux, Jacky Kaisersmertz, était jusque-là une figure locale, connue et appréciée de toute la communauté en raison de ses nombreuses activités associatives : karaté, gymnastique, billard... Ses crimes s'étalent sur plus de quarante ans, les derniers remontent seulement à quelques semaines. Chaque habitant se sent coupable, se demandant comment il a pu côtoyer un tel monstre aussi longtemps sans rien soupçonner. Et en tant que reporter je dois essayer de démêler tout ça, de regarder en face cette cécité et ce silence.

Thierry a été le premier à dénoncer son ancien maître d'école. Il a eu le courage de parler à ses parents adoptifs et à sa sœur des viols répétés qu'il a subis entre huit et douze ans. Sachant que le compte à rebours de la prescription prendra fin un an plus tard, le policier de vingt-sept ans a trouvé la force de pousser la porte de la gendarmerie pour tout dénoncer. Ses cris de colère, ses pleurs, toujours tus et ravalés, lui ont permis de rétablir sa dignité, sa vie va sûrement changer. Mais quelques jours plus tard, dans sa chambre, Thierry a pris un bâton de rouge à lèvres et a inscrit en lettres capitales sur le miroir de sa grande armoire « Jacky Kaisersmertz : violeur d'enfants », puis, pour ne faire de peine à personne, n'ayant plus la force d'avancer, il a avalé un tube de barbituriques. Il n'a pas survécu à la révélation de son secret, qui était aussi celui de dizaines d'autres garçons de Cosne.

Après l'annonce de son suicide, la gendarmerie s'est mise à enregistrer les plaintes en série. Sans le sacrifice du jeune homme, personne n'aurait parlé. Sa mort a enseveli la petite ville sous la honte. Au moins soixante-douze garçons ont été abusés. Les plus âgés sont déjà mariés, commerçants ou chefs d'entreprise, ils font tourner l'économie de Cosne-sur-Loire.

Certains choisissent de persister dans le déni. Dès que les habitants me voient traîner dans les rues avec mon Nagra siglé, ils se détournent et filent, visage fermé. À défaut d'habitants, je sonde la mémoire des lieux. L'école Paul-Bert, où sévissait Kaisersmertz, est une imposante bâtisse d'angle avec de faux airs de mairie, un large perron à quatre marches surmonté de deux drapeaux tricolores. Toute la commune est passée sur ses bancs. Les plus loquaces des habitants de Cosne se serrent au comptoir du Globe. Les rumeurs invérifiables, les menaces enfiévrées – « Il va encore y avoir des morts ! » – fusent. Certains de ces piliers de bar prétendent que l'épouse de l'instituteur porte une minerve parce qu'elle a essayé d'en finir. En réalité, elle la porte depuis un accident de la route qui a précédé le début de l'affaire. Rien à espérer de ce côté-là. À mes yeux, seul un mec accrocheur, un gars qui en a dans le pantalon, est capable d'entrer en contact avec les victimes et de les convaincre de parler. Et je serai celui-là.

L'instituteur pédophile a été arrêté quelques jours plus tôt, accablé par l'impressionnant ensemble de preuves réunies contre lui. Celui qu'on surnommait le « Kaiser » offre une façade irréprochable. Une personnalité dure, sévère mais juste, le genre de maître d'école à l'ancienne qui donne des coups de règle sur les doigts pour punir un cancre. Sa femme, institutrice dans la même école, est tombée des nues et a répété aux gendarmes qu'elle n'avait jamais rien soupçonné. Partout, je fais savoir que je suis prêt à rencontrer les victimes, à les écouter avec attention. Je me débrouille pour que les gens sachent dans quel hôtel je suis descendu, mais les jours se succèdent et personne ne se présente. Paris propose de me remplacer, je m'y oppose. Cette histoire devient peu à peu un défi personnel qui m'électrise.

Un jour, un homme dans la trentaine, si je me fie à la voix, me téléphone pour dire qu'il est prêt à parler à condition que l'on ne nous voie pas ensemble et que son prénom soit modifié. Il me donne rendez-vous chez lui, le soir même. Il habite une petite résidence neuve de trois ou quatre étages, à quelques rues du cinéma L'Éden. Son regard triste et hésitant balaie son salon, allant du matériel audio au canapé. Il réfléchit à la façon de s'installer pour échanger un long moment. Un grand sapin de Noël aux branches desséchées croupit avec ses boules et ses guirlandes dans un coin. Pourquoi n'a-t-il toujours pas atterri à la poubelle alors qu'on est au mois de mai ? Le gars se méfie un peu de moi, se demandant s'il peut compter sur mon empathie sincère ou sur une simple écoute professionnelle. Comment nous comprendre vraiment ? Nous menons deux existences aux antipodes, le gars croit flairer chez moi le gosse gâté par la vie, le jeune reporter promis à un bel avenir, évoluant dans les milieux parisiens. Je scrute son visage en me demandant combien de fois, enfant mort de trouille, il a dû étouffer ses larmes. Ce célibataire me fournit le récit le plus détaillé possible de ce qu'il a subi, il met en lumière un système de prédation glaçant. Si la plupart des pédophiles passent pour des malades incapables de dominer leurs pulsions, le Kaiser a géré les siennes avec méthode, en petit épargnant de la perversité. L'instituteur mettait tranquillement de côté une ou deux proies par an dans chacune de ses classes de l'école primaire, c'était son ratio, proies auxquelles il imposait toujours les mêmes rituels. Les garçons étaient violés ou agressés, sans un mot, au fond des bois pendant la cueillette de champignons ou au bord d'un petit étang privé réservé aux parties de pêche de leur bourreau. Les pauvres gosses ne comprenaient pas ce qu'il leur faisait. Leur maître d'école agissait avec sauvagerie, il les privait aussi de mots, puis l'activité en plein air reprenait comme s'il ne s'était rien passé. Rien de plus destructeur que ces brefs flashs au cours desquels les actes immondes se déroulaient, je le sentais d'instinct, pétrifié.

Le trentenaire témoigne en mémoire de Thierry. Sans la pression extérieure, il n'aurait peut-être jamais parlé. Chaque victime se croit seule sur son île déserte. Et dans une attitude de défi, le Kaiser mettait un point d'honneur à traverser la rue, des années après les viols, pour serrer la main de ses élèves humiliés afin de montrer qu'il n'avait pas peur d'affronter leur regard. La plupart d'entre eux baissaient les yeux. À son procès, l'instituteur déclarera sobrement: «Je maîtrisais tout.» Le jeune homme qui me raconte ses supplices est encore persuadé qu'il a été choisi parce qu'il était trop fragile et que son prédateur l'a flairé.

En enregistrant son témoignage, je suis incapable de jouer les grands reporters endurcis, gardant l'émotion à distance. Il me faut éviter de fraterniser, par peur du ridicule, ne pas le prendre dans mes bras, ni pleurer avec lui. Pourtant je suis submergé par le chagrin. Deux bobineaux de cinquante secondes, trop brefs extraits de l'entretien exclusif que j'ai eu avec la courageuse victime du Kaiser, font l'ouverture du journal de 13 heures. C'est la gloire. Une version plus longue, autour d'une minute dix, passe le soir à 18 heures. J'ai enfin ma place parmi les reporters de la première division. Mon père, Chirac et tous les autres ont raison, il faut avoir du cran pour vaincre sa peur.

Pour me féliciter de mon reportage, un des piliers de la rédaction m'invita à boire un coup. Les anciens claquaient leur paie au café d'en face. Nous étions assis au comptoir, quelques collègues habitués et moi. Les plus atteints par l'alcoolisme avaient déjà tout perdu, devaient casquer deux ou trois pensions alimentaires, s'étaient brouillés avec leurs gosses, habitaient des garçonnières crasseuses, l'évier plein de vaisselle sale. Les « occasionnels » du café luttaient pour ne pas tomber aussi bas, mais les buveurs invétérés jouaient à les entraîner vers le fond. Ils offraient un premier verre. Quand le candide disait, regardant sa montre d'un air embêté : « Bon, un dernier vite fait, parce que ma femme m'attend ! », les habitués savaient qu'il était cuit. À minuit, il y serait encore. C'était comme regarder une mouche s'engluer dans une goutte de sirop. « Bah, c'est du propre ! » jacassait la patronne, pleine de roublardise. Ils finissaient dans les petites boîtes des Champs-Élysées, prévues pour ça, qui ne fermaient jamais, même en semaine, avant 4 ou 5 heures du matin.

Un temps, je tentai de leur ressembler. Être un fêtard m'aurait donné un genre à la Antoine Blondin. Mais la déglingue n'était pas mon truc. Quoi que je fasse pour forcer ma nature, j'étais du côté des ennuyeux, des types qui aimaient lire de gros romans classiques, rester seuls ou marcher dans les bois en automne. Ils devaient se compter par centaines, les vieux journalistes broyés par la machine, les combattants qui ne supportaient pas la démobilisation, les carriéristes brisés dans leur élan, les éternels hâbleurs que plus personne ne voulait écouter. Les côtoyer m'incita à prendre des nouvelles de mon père.

À cette époque de sa vie, il se sentait si abattu qu'il venait de se jeter à corps perdu dans un nouvel exploit physique.

Alors qu'il avait raccroché ses bottes depuis des années et offert une retraite au pré à son dernier cheval, il s'inscrivit à un concours hippique sans demander l'avis de quiconque. Sans le moindre entraînement. Il avait grossi, souffrait du dos et ses réflexes de cavalier s'étaient altérés. C'était suicidaire.

— Tu pourrais tranquillement faire une balade en forêt. Pourquoi te frotter à la compétition ?

Nous étions si inquiets, mes frères et moi, qu'après avoir tenté par tous les moyens de le dissuader, nous avions décidé de l'accompagner à la caserne de Noyon où se tenait l'épreuve. De longs bâtiments en briques rouges jouxtant une carrière de sable émergèrent des brumes d'automne en Picardie. Mon père fumait cigarette sur cigarette. Ses yeux bleu délavé se plissaient sans qu'on sache pour quelle chimère, quel fantôme, il se préparait à un duel à mort. Les mains jointes dans le dos, d'une gravité extraordinaire, il arpenta le terrain de concours à grandes enjambées pour mémoriser l'ordre des obstacles et calculer les foulées. Son cheval fut tranquillement descendu du camion, nous l'aidâmes à le préparer. Le pauvre canasson, hirsute, atteignait les vingt-cinq ans et n'avait pas demandé à quitter ses verts pâturages. Mais, en proie à son obsession, notre père n'entendit pas les railleries et entreprit d'assouplir sa monture par de petites voltes de trot et de longues diagonales. Pour rétablir son honneur, il lui suffisait d'enchaîner correctement douze ou treize sauts avec panache.

À un moment, il indiqua d'un coup de menton qu'il voulait aborder les premiers sauts d'entraînement et qu'on pouvait installer un croisillon au centre du paddock. Mon frère cadet franchit la lisse pour s'exécuter. Mon père commença à galoper, le dos rond, la tête rentrée dans les épaules. Trop raide, trop sérieux, presque solennel. Alors qu'il voulait passer par une piste étroite entre deux obstacles au centre de la carrière, sa trajectoire fut brutalement coupée par un autre cavalier. Sa monture s'arrêta net, butant contre un chandelier. Entraînée par son élan, la bête se cabra au ralenti. Mon père fut éjecté. Sa bouche s'ouvrit, crevée par un cri silencieux, ses mains étaient deux oiseaux fous qui tentèrent de s'enfuir dans le ciel. Trop tard. Cheval et cavalier basculèrent et roulèrent dans la poussière. Dans la chute, mon père trouva le moyen de se jeter sur le bon côté pour ne pas être écrasé, mais son poignet disparut sous le poids aveugle du cheval. L'animal se releva aussitôt, sonné, gardant les naseaux au ras de la poussière. Le cavalier resta quelques secondes cloué au sol. Nous nous étions précipités vers lui. Il avait le souffle court, gardait le regard trouble, perdu dans le vague.

— Mon honneur, mon honneur..., répétait-il, hébété.

Je portai une bouteille d'eau à ses lèvres. Mon père refusa que les sauveteurs de la Croix-Rouge l'examinent.

— On s'en va, nous ordonna-t-il, drapé dans sa fierté.

Nous montâmes tous les quatre en voiture, muets de rage, blêmes de honte.

Sur le chemin du retour, sa main droite doubla de volume, mon père ne pouvait plus manier le levier de vitesse, ce qui l'obligea à desserrer les mâchoires pour me donner des instructions car j'étais installé sur le siège passager. Au moment où il enfonçait la pédale d'embrayage, il lançait : « Seconde », « Troisième », « Rétrograde », « Seconde »... J'étais souvent à contretemps. La boîte mécanique souffrait. Par-dessus le marché, nous risquions de tomber en panne. Au bout de quelques kilomètres, mon père me traita de « bon à rien », s'arrêta et demanda à mon frère cadet de l'assister.

Nous échangeâmes nos places. La force, le courage ne pouvaient pas l'abandonner. Le lendemain, sa main fracturée fut plâtrée. Il se retira définitivement de toute compétition hippique.

Il n'y avait que Chirac pour nous réconcilier. « Chichi » était si prévisible, l'ami sur lequel on pouvait toujours compter, rien ne changerait jamais avec lui. Dans la dernière ligne droite, les militants distribuèrent même des pommes à la sortie du métro. « Votez Chirac ! »

Dès que nous avions été en âge de remplir notre devoir de citoyen, mes frères et moi avions glissé dans l'urne un bulletin Arlette Laguiller ou Robert Hue. Mais Jacques Chirac, ce n'était pas de la politique, c'était une certaine idée de la gagne, de la virilité, de la castagne. Et cela nous faisait du bien de la partager, entre père et fils. Chirac avait du génie. Les sondages l'avaient donné battu à plates coutures. Sans surprise, nos grands-parents avaient voté pour Balladur. Maintenant qu'il était au second tour, Chirac aurait pu déplacer les montagnes. Il n'était jamais aussi impressionnant qu'au moment où on le donnait pour mort, son come-back avait laissé les gens sidérés. Mon père aussi se battait seul, dos au mur, au milieu de petits-bourgeois étriqués dont il avait tenté en vain de reproduire les codes et qui se foutaient de lui. « Quand tout le monde veut te voir tomber à terre, cela fait de toi un vrai dur ! » clamait-il. Depuis que j'étais dans la vie active, je votais gentiment socialiste, comme tous mes copains journalistes, pas vraiment par paresse intellectuelle mais par un vague désir progressiste, par adhésion à un discours tolérant.

Ce soir-là, les électeurs de droite se prirent dans les bras pour pleurer. Les gens hurlaient de joie, des gouttelettes de champagne pleuvaient. D'un coup, Chirac apparut sur le balcon de l'avenue d'Iéna, il leva ses énormes mains vers le ciel et les joignit, elles formaient quelque chose d'immense comme la voûte céleste ; nous eûmes l'impression devant la télé qu'il se tenait sur un petit rebord et qu'il risquait de tomber par la fenêtre. Mais il était invincible, Chirac, le rescapé, le revenant, le héros viril – le père de tous les pères.

14

À l'époque où j'avais interviewé la victime du « Kaiser », je vivais encore à la surface. L'histoire cachée avec ma grand-mère maintenait les émotions au fond des eaux troubles de la conscience. J'étais bien incapable d'éprouver une empathie sincère. Comment aurais-je pu accorder à un autre ce dont je me privais moi-même ? Dans toute la famille, en dehors de ce que suscitaient ses actes insensés, ma grand-mère faisait régner un grand vide émotionnel.

Quand mon grand-père tomba gravement malade, frappé d'une méningite fulgurante, il fut hospitalisé en urgence à la Pitié-Salpêtrière. Son état de santé se dégrada vite. Ma grand-mère lui rendait visite chaque jour, elle restait de longues heures assise à côté de son lit médicalisé, je l'accompagnais parfois.

Mon grand-père intubé, les bras en croix, dans la posture christique du mourant. Je contemple la courbe de ses ondes cérébrales. Des réactions oculaires minimes, aucune expression verbale ou motrice. Ma grand-mère n'a pas l'air d'avoir conscience de ce qui se passe. En s'approchant de son mari, elle essaie de lui glisser quelques mots réconfortants à l'oreille mais elle ne trouve rien à lui dire ; toute intimité physique entre eux est morte depuis longtemps, et même la façade menace de tomber en poussière. En bonne épouse, elle enduit de crème hydratante les mains gonflées de mon grand-père, les massant doucement pendant un temps interminable. Dans le vrai malheur, elle n'est pas sujette aux grandes effusions. Déphasée, sans expression, inoffensive, on dirait un robot. Au fond, la plupart du temps elle ne parvient pas à éprouver la moindre compassion pour qui que ce soit. Jamais elle n'a eu une quelconque pitié pour le couple que mes parents essayaient de former. Pour la première fois, je reste un peu extérieur à la situation. Dans son univers mental, mon grand-père, qu'elle appelle le « saint homme », occupe une place à part. Il n'excite pas ses pulsions perverses – il est bien le seul. Oint sans doute par le bon Dieu. D'habitude, la souffrance la passionne : le spectacle de la douleur des autres la fait jubiler.

Ma grand-mère préfère être guidée, déchargée de la responsabilité des choix thérapeutiques. Elle me demande de parler avec le chef de service pour savoir ce qui va se passer. Le grand dadais frisé à lunettes que je consulte ne trouve rien à dire. Sans jamais donner une explication satisfaisante par peur de s'avancer, il évoque le risque d'une infection généralisée.

— On ne sait pas comment cela va évoluer.

Je répète la phrase telle quelle à ma grand-mère qui hoche la tête, l'air absent. À d'autres moments, j'ai l'impression qu'elle se force à pleurer, totalement dévitalisée. Elle n'a pas les mots ni les gestes adéquats. Elle ne les a jamais eus. Et moi, je ne suis pas l'enfant attentionné que je semble être. Je ne suis plus en rien le petit-fils poli et doux. Elle paraît si inoffensive, alors qu'elle est à l'origine de la tragédie familiale...

J'avais eu la preuve que mon grand-père, lui, éprouvait des émotions. Des émotions éruptives, des spasmes spectaculaires contre lesquels il donnait l'impression de lutter. Un jour, à l'âge de quatre-vingts ans, je le verrai laisser de grosses larmes rouler sur ses joues en évoquant la mort de son père tué à la guerre. Il savait aussi se montrer débordant de joie et d'affection face à sa fille, qu'il aimait d'un amour sincère. Mais comme tout homme « moral », il pensait que les émotions sont déraisonnables, qu'il faut les garder pour soi et les dominer.

Avec sa mort, un ordre établi disparut. Sans le sommer de répondre à mes questions, je l'avais poussé dans ses retranchements pendant mon année de terminale, quand j'avais étudié la Seconde Guerre mondiale. Sourd et entêté, mon grand-père ne me permettait pas de juger du passé. Il pouvait se montrer froid et rigide sur ce sujet, se trouvait pléthore d'alibis : l'obligation d'obéir aux ordres, la continuité de l'État puisqu'il était fonctionnaire, le contexte que je n'avais pas connu.

Quelques années après sa mort, ma mère et mon oncle vidèrent son bureau. Parmi des documents confidentiels mis de côté, ils retrouvèrent son curriculum vitae, tapé par ses soins à la machine à écrire. Pourquoi un papier aussi banal était-il enfermé dans un coffre ? C'était une seule page A4 qui contenait toutes ses affectations, les échelons patiemment gravis au sein de l'administration, jusqu'à sa retraite au titre prestigieux d'inspecteur général au ministère de l'Équipement, le grade le plus élevé que puisse atteindre un haut fonctionnaire.

Mais une mention retint mon attention dans cette longue succession de mutations et d'affectations un peu fastidieuse, parce qu'elle était manuscrite, témoignant de son écriture appliquée et désuète : *1942-1944 : contractuel au ministère de l'Éducation nationale, puis diverses fonctions*, sans plus de précision.

Sa carrière avait pris un tournant pendant les années les plus incertaines et les plus tourmentées du XXe siècle. En 1942, même si les nazis s'enlisaient dans l'effroyable et gigantesque bataille de Stalingrad, à l'ouest – et notamment en France –, après plusieurs années d'occupation, certains hommes parmi les plus observateurs et pragmatiques commençaient à croire que le nazisme avait définitivement gagné et que leur pays serait bientôt intégré dans le grand Reich de mille ans. Une course aux meilleures places avait débuté dans ce nouvel ensemble paneuropéen. Quelle lecture mon grand-père avait-il faite de ces événements ? Comment avait-il interprété les victoires nazies successives ? et la situation d'une France asservie ? En dehors de ses vieilles valeurs de la droite catholique et d'un certain attachement à Pétain, j'en étais réduit à des hypothèses.

J'avais souvent essayé de creuser le mystère de ces années de guerre et voici quelques faits avérés : pendant l'Occupation, empruntant le sens contraire de la plupart des Français, mes grands-parents étaient « montés à Paris ». Mon grand-père, alors petit fonctionnaire de l'Assistance publique provinciale, venait d'accepter une promotion au ministère de l'Éducation nationale dans la capitale. Sans doute avait-il été attiré par le prestige d'un nouveau poste plus brillant, plus visible, dans les services centraux d'un grand ministère. Il avait vingt-neuf ans, ma grand-mère vingt-cinq. Paris était une ville où ils n'avaient jamais vécu. Y avaient-ils seulement mis les pieds une seule fois ? Avaient-ils pris la décision ensemble ?

Mon grand-père avait été mêlé à travers le ministère aux Chantiers de la jeunesse, une invention de Vichy. Cent mille jeunes hommes, soldats perdants de la drôle de guerre après dix-huit jours de déculottée, furent enrôlés et vécurent au fond des bois comme des scouts encadrés par des officiers. Le bon air était censé raffermir leur vigueur morale, leur inculquer de saines valeurs. Le slogan « France toujours » barrait les affiches de propagande.

Combien de temps avait duré l'« aventure » parisienne ?

En 1942, quand le couple de provinciaux débarque, il voit les longues queues devant les magasins d'alimentation dues aux bons de rationnement. Il perçoit le silence de la ville en raison d'une circulation automobile réduite au minimum, l'essence étant réservée aux véhicules militaires, à ceux de la police et des hôpitaux. Les gens courent après le moindre kilo de charbon pour se chauffer, il fait froid. Ils ont trouvé une petite villa en location à Viroflay, dans la banlieue ouest. Ils n'en parleront jamais. À cette époque toujours, les Juifs sont obligés de porter l'étoile jaune et les grandes rafles ont commencé à Paris.

Mon grand-père travaille dans le quartier de Saint-Lazare, non loin de l'avenue de l'Opéra où les nazis ont installé l'épicentre de la répression, l'immeuble de la Kommandantur. Il croise de nombreux soldats et officiers en uniforme qui tiennent le haut du pavé. À Viroflay, les canons allemands sont pointés vers le ciel, participant à la défense antiaérienne, leurs projecteurs lumineux balaient la nuit.

Mon grand-père vient de rejoindre le ministère de l'Éducation nationale dirigé par un certain Abel Bonnard. Un collaborateur des nazis convaincu, fasciste de cœur, appelé en avril par Pierre Laval à ce poste de premier plan. Bonnard a la réputation d'aimer les jeunes hommes, on lui prête une liaison avec son beau directeur de cabinet et, par haine, les Parisiens le surnomment « Gestapette ». Mon grand-père ne doit pas occuper un poste important car il ne travaille pas directement auprès du ministre, dans le bel hôtel particulier de Rochechouart sis en plein 7e arrondissement. Et rien ne lui est reproché à la Libération, il réintègre facilement la fonction publique.

Alors qu'ils croyaient gagner une position plus avantageuse à Paris, plus de notabilité, un rang social plus élevé, est-ce que mes grands-parents comprirent qu'ils s'étaient cruellement trompés de camp ? Je l'ignore encore. Les contours de la collaboration avec l'ennemi devaient être tellement plus flous dans les couloirs des ministères qu'ils le sont aujourd'hui dans les livres d'histoire. Combien de temps leur a-t-il fallu pour comprendre et repartir au plus vite ? Je n'en saurai jamais rien.

Les Chantiers de la jeunesse durent ensuite fournir des milliers de jeunes Français vigoureux pour le Service du travail obligatoire. La France était le seul pays d'Europe à livrer ses citoyens à Hitler. La loi fut promulguée le 16 février 1943. Mon grand-père était-il encore à Paris pour participer à cette opération ? Les fonctionnaires qui mettaient en œuvre le STO, privant tant de familles de leurs fils aimés, étaient les individus les plus haïs du pays.

Mon grand-père avait sans doute fini par se sentir entouré de collabos zélés, quelques-unes des pires ordures de l'Occupation. Il avait eu le courage de démissionner. D'un coup, la réalité historique, le monstrueux visage de l'idéologie nazie, les ombres de l'ignominie, la folie destructrice s'étaient abattus sur mes grands-parents. Ils s'étaient sentis impuissants. Ils ne pouvaient pas s'opposer à la collaboration. Ils avaient dû être pris de panique. Une avalanche d'angoisse les avait ensevelis. Honteux, ils s'étaient enfuis à la campagne vers Saint-Étienne. Quand ? En 1943 ou en 1944 ? Toujours les lignes floues dans son curriculum vitae.

15

Un dimanche de printemps, mon père mit les voiles pour de bon, ayant pris conscience qu'il serait impossible d'arracher ma mère à la soumission filiale. Son visage marqué portait les traces d'années de lutte acharnée. Rompu physiquement, épuisé moralement, il ne lui restait qu'une solution : il devait s'enfuir. Vingt-sept ans après ses premiers pas dans sa belle-famille, tracer un trait définitif sur ses rêves grandioses d'intégration à la bourgeoisie, laquelle, de toute façon, n'aurait jamais fait le bonheur d'un homme sincère comme lui. Son départ ressembla à la scène qu'il nous avait infligée des dizaines de fois. Il sortit, dans la matinée, en claquant la porte après avoir crié que tout le monde le prenait pour un imbécile, qu'on se moquait de lui. Ma mère pensa qu'il allait juste faire le tour du pâté de maisons comme d'habitude, le temps de calmer ses nerfs. Deux heures plus tard, mes grands-parents débarqueraient pour le traditionnel déjeuner dominical. Tout serait rentré dans l'ordre d'ici là. Mais mon père ne réapparut pas. Il ne lui était plus possible de supporter la supercherie. Fier et ombrageux, il partit, sans se retourner, sans jamais avoir affronté sa belle-famille.

Incrédules, nous pensions que c'était du tragique de répétition. Nous étions sûrs qu'il allait revenir, c'était une question d'heures. À mes yeux, ses plaintes, ses menaces, ses jérémiades ne pouvaient pas être suivies d'actes forts, de décisions irrévocables. Victime des autres, des circonstances, de la vie en général, il ne voulait rien changer, au fond. De mon point de vue, il manquait de volonté pour prendre son destin en main. Ses scènes pathétiques et irrationnelles ne pouvaient pas le conduire vers autre chose qu'un renouvellement perpétuel de sa faiblesse. Il s'inscrivait à mes yeux dans la lignée des perdants magnifiques, pour lesquels j'ai toujours éprouvé une véritable tendresse, de Willy Loman, le héros de *Mort d'un commis voyageur*, à Rocky Balboa.

Or, cette fois-là, nous nous trompions : mon père nous quittait vraiment. Il pliait bagage, n'avait plus la force de se battre. Nous n'avions pas envisagé sérieusement ce dernier claquement de porte qui allait rendre la mascarade familiale inutile. C'en serait terminé de l'éternelle hypocrisie.

Longtemps après s'être échappé de la cage de fer dont il avait tenté tant d'années durant d'écarter les barreaux, il nous dirait avec amertume :

— Tu n'épouses pas une femme, mais d'abord une famille.

Nous étions au bord du vide, ce dimanche de mai. Mon père ne donna plus de nouvelles pendant plusieurs semaines. Un soir, très tard, passant en bus devant son cabinet, je vis les lumières encore allumées ; j'hésitai à monter lui parler, il devait dormir sur le canapé-lit de la salle d'attente, se sentir seul et incompris. Peut-être avait-il envie de savoir que nous l'aimions malgré tout ? Mais quelques jours plus tard, en repassant, je vis que toutes les fenêtres étaient plongées dans le noir.

Je pouvais me figurer son visage avec ses larges cernes, sa fatigue, son moral à bout. La conversation que je n'ai pas eue avec lui à l'époque, je me la suis rejouée cent fois.

— Papa, tu détruis ta famille par orgueil et par vanité…

— Tu ne sais pas ce que signifie d'avoir été élevé par des gens qui te préparaient à traire des vaches ou à entrer aux PTT pour avoir une place bien au chaud. Et, au lieu de ce destin tout tracé, tu mets les pieds dans la bourgeoisie. Merde ! Tu ne sais pas ce que c'est de se sentir épié, jugé en permanence parce qu'on te voit toujours comme quelqu'un de trop grossier, trop primaire, trop bruyant.

— Calme-toi, papa !

— Tu verras bien, le monde ne te fera pas de cadeaux. Il faut se battre, apprendre à ne pas se faire bouffer. Tuer avant d'être tué. Si tu passes ton temps à penser aux éventuels obstacles, tu es cuit…

Plus tard, je compris qu'il avait dormi au cabinet quelque temps puis mené une vie tout à fait étrangère à sa famille. Je pris conscience qu'il était un homme poussé à bout par des forces puissantes qui le dépassaient. Quel bobard ma mère avait-elle raconté à mes grands-parents ? Mes parents s'aimaient encore mais ils étaient vaincus, déchirés, essorés.

Quand il fut admis que mon père était parti pour de bon, ma grand-mère redouta pendant plusieurs semaines qu'une terrible punition divine s'abatte sur elle. Elle croyait que les nuages allaient s'ouvrir, que le visage sévère du Créateur lui apparaîtrait et qu'elle serait foudroyée sur place. Pleine de craintes et de repentir, elle osa nous demander avec un air contrit :

— Croyez-vous que j'y sois pour quelque chose ?

Mes frères et moi n'avions rien répondu. Par mépris et par dégoût. Bien sûr, elle savait qu'elle n'avait rien à craindre de nous, si notre mère ne se plaignait pas, ne faisait rien pour l'empêcher de tyranniser la famille, d'ourdir les pires complots, de colporter ses infâmes ragots, nous, les enfants, qu'aurions-nous pu tenter contre elle?

Quel immense gâchis! Je ferme les yeux. N'ai-je pas le droit de rêver un peu? Royan, au milieu des années 1960. Un mince rai de lumière se glisse sous mes paupières. Mon père m'apparaît en premier, puis ma mère. Ils sont extraordinairement attentifs l'un à l'autre. Mes parents s'aiment follement en cet été 1966. Quelque chose de fulgurant s'est produit entre eux. Ils s'aiment d'une manière incandescente, ils se disputent bruyamment, se séparent presque chaque soir et se retrouvent avec passion le lendemain matin. Ma mère croit encore qu'elle pourra apprivoiser ce beau garçon au caractère buté et fier. Il a détesté tout de suite ses amis trop snobs qui se réunissaient en bande sur la plage, préférant pêcher en solitaire sur la côte sauvage. Ma mère le rejoint souvent au crépuscule. Ils se chamaillent et se réconcilient mais quelque chose de fou les jette toujours dans les bras l'un de l'autre. Elle pense qu'elle va le rendre plus civilisé. Faute d'expérience, elle ne sait pas encore que le caractère des êtres ne change pas. Lui jubile de mettre les pieds dans une famille comme il faut.

Parlant de sa rencontre avec sa future femme, mon père nous avait dit, peu de temps après nous avoir quittés, et comme pour se justifier: «J'avais besoin de poser mes valises.» Et ma mère nous avait avoué de son côté: «Nous l'avons recueilli.»

L'été 1966. Mes frères et moi, nous nous plaisons toujours à croire que nous sommes nés de cette belle saison d'innocence, de ce coup de foudre au bord de la mer. De quoi mes parents étaient-ils coupables, au fond ? D'avoir cru qu'ils échapperaient aux convenances, à la mesquinerie, aux attentes, aux oppressions ?

Je garde les yeux fermés. Leur enthousiasme, leur passion pour la vie me réchauffent. Par-delà l'explosion de la famille, je ressens encore leur vitalité.

À l'adolescence, quand je rêvais au grand amour, quand je me figurais l'épouse parfaite, j'imaginais une femme qui aurait forcément intégré ma supériorité en tant qu'homme, qui aurait aussi intériorisé certaines tâches comme purement féminines, qui s'habillerait, se maquillerait, se façonnerait pour me plaire. C'était si simple. Lorsque nous étions enfants, mes frères et moi concoctions de prodigieux scénarios avec nos Playmobil autour de notre ranch. Ces fictions de plus en plus élaborées nous occupaient, vers quatorze ans, imaginant des drames qui préfiguraient notre vie d'adulte. C'étaient toujours des histoires d'éleveurs de chevaux, trois frères soudés, propriétaires de milliers d'arpents de pâturage, d'immenses troupeaux de bêtes à cornes, qui se battaient férocement pour défendre leurs terres. Et quand nous rentrions éreintés après avoir chevauché dans les vastes prairies au milieu des bisons et des Indiens, nous nous figurions trois petites femmes en rang qui nous attendaient sur le pas de la porte, toutes trois identiques et toujours de bonne humeur. C'était caricatural mais ça procédait d'un ordre naturel. Asymétrie de pouvoir, de possibilité, de prestige. Je n'avais pas conscience de ce qu'il y avait de dominateur ou de destructeur pour les femmes dans cette histoire que nous nous racontions.

Pour draguer, j'avais appris à enfouir dans l'oubli le petit garçon fragile que j'avais été, à taire les secrets dégoûtants avec ma grand-mère, les brimades au foot et au club équestre, j'étais encore persuadé que la plupart des femmes craquaient pour les hommes les plus friqués, les plus frimeurs, les gars à la démarche de matamore, au physique de beau gosse, grand et musclé. Les parades amoureuses des vrais séducteurs tenaient encore de l'animalité, d'une tension sexuelle explicite, d'une domination à peine voilée et consentie. Même les gars les plus drôles, les plus spirituels, bourrés d'autodérision, ne faisaient pas le poids face à la promesse protectrice des habituels meneurs. Aux antipodes, je répugnais à jouer les pauvres petits moineaux effrayés, les boiteux de l'âme d'une sensibilité telle qu'elle me rendait inapte à vivre en société. Si ce genre de comportements réveillait l'infirmière qui sommeillait en certaines femmes et ne marchait pas trop mal en général, il avait surtout attiré dans mes filets les possessives, les hyper-protectrices, les mamans castratrices qui, sous couvert d'aider un jeune homme dénué de confiance en lui, rêvaient de l'étouffer à petit feu. Des dingues dont j'avais eu un mal fou à me dépêtrer.

Les femmes Playmobil firent un grand retour le temps d'un week-end campagnard. J'étais encore célibataire, je fus embarqué en Normandie par plusieurs de mes camarades de la radio en couple. Un beau soleil d'automne enveloppait le bocage et la maison d'hôtes que nous avions louée, une vénérable longère à colombages avec un grand jardin, idéale pour passer un bon moment entre potes. Les hommes étaient partis au village pour faire les courses puisque les placards étaient vides. Tassés dans la voiture, nous avions traîné sur les routes en lacets. Au moment où nous étions ressortis de la supérette de campagne, cette grande gueule d'Yves s'était fendue d'un large sourire moqueur :

— On s'en jette un p'tit, les mecs ?

— Les filles nous attendent...

— Flippe pas.

— Elles vont pas s'envoler, elles bavardent un peu. Elles sont bien ensemble.

Nous avions poussé la porte d'un petit zinc, celui où avait été tourné le film *Un singe en hiver*, les touristes de passage venaient souvent y prendre une cuite pour le seul plaisir de rendre hommage à Gabin et à Belmondo. Un habitué nous avait défiés dans un duel de petits verres de calva, puis de Picon-bière, il était déjà 14 heures. Nous aspirions tous à devenir adultes, mais dès que l'occasion se présentait nous prenions la tangente, redevenions de sales gosses, sans aucune limite. Nous ne savions pas résister. Moi aussi, je jouais le jeu :

— Allez, lâche-toi un peu !

Loin du boulot, nous pouvions faire du bruit, rire fort, nous attraper par le cou. Personne ne nous empêchait de nous défouler. Nous avions monté la musique, les gars avaient fini par se mettre minables.

Quand nous nous étions pointés à 15 heures, les femmes de mes copains attendaient, bras croisés, l'air désabusé.

— On s'occupe de tout ! avait dit Yves en rigolant.

Déjà, il versait le charbon dans le barbecue, craquait l'allumette et, dix minutes plus tard, soufflait sur les braises. Ils étaient entraînés à se faire pardonner en un temps record. Tandis qu'ils s'activaient, ils s'envoyaient des clins d'œil, se surveillant les uns les autres, regardant laquelle des copines recommencerait à sourire la première, après le sale coup qu'ils leur avaient joué. Et je m'étais surpris à en être gêné.

Nous finirions la journée en beauté, sur un circuit de karting, autre défoulement viril. Depuis longtemps, les filles modéraient leurs ardeurs pour faciliter la vie de leurs mecs, les rassurer sur leur force et leur intelligence et, par-dessus le marché, les trouver drôles en incorrigibles fanfarons. Fallait-il que ma compagne idéale leur ressemble ?

Comment choisir une de ces femmes qui jouaient le jeu, toujours prises dans le regard des hommes ? Moi, je me sentais mal à l'aise, j'éprouvais le désir d'en sortir, de m'en échapper. Je ne cherchais plus une femme réifiée, Playmobil, idéal de mon enfance, mais une compagne qui comprendrait ma singularité. L'amour était toujours étouffé sous l'angoisse et les reproches que je me faisais, comme l'a écrit Kafka.

Après le week-end où j'avais été introduit dans leurs vies privées, je décidai de ne plus voir ces types en dehors du travail.

Un soleil foudroyant transperça la foule d'une gare de banlieue, la blondeur prodigieuse d'une passante : *J'errais donc, l'œil rivé sur le pavé vieilli / Quand avec du soleil aux cheveux, dans la rue /Et dans le soir, tu m'es en riant apparue / Et j'ai cru voir la fée au chapeau de clarté*. Elle marchait vite et me distancia dans les petites rues mais, vingt minutes plus tard, nous nous retrouvions devant les mêmes salles de réunion. Des yeux verts, lumineux et doux. Mon cœur chavira. Tout de suite, je tombai follement amoureux. Astrid était suédoise. Les histoires de ma famille lui auraient paru tout bonnement inconcevables, des névroses typiques des Français, de leur perversité cachée, de leur hypocrisie. Elle portait quelque chose du Nouveau Monde. Une grande bouffée d'air frais. Son assurance lui donnait à mes yeux un charme inestimable.

Pendant les premiers mois de notre histoire, nous avons marché sur les quais de la Seine et partout dans les ruelles des vieux quartiers. Comme tous les Parisiens, je connaissais mal ma ville. Être né à Paris me condamnait à venir de nulle part, à garder des images infectes de pigeons mutilés alignés sous les viaducs du métro aérien, de clochards qui parlaient tout seuls, de crottes de chien et de l'increvable Jacques Chirac. À être jaloux de tous ceux qui racontaient leur jeunesse au grand air dans des villages du Cotentin ou de la Drôme. À ne pas reconnaître un seul visage dans le quartier où j'avais grandi, parce que les habitants changeaient tout le temps, hormis le vieil agent immobilier, antipathique et cupide, qui avait vendu leur premier appartement à mes parents. À expliquer que les macarons n'avaient jamais été une spécialité parisienne. À répéter que j'en avais ras le bol de vivre à Paris et que j'allais bientôt partir à la campagne. À regarder avec le mutisme et la placidité d'un petit poisson de la Grande Barrière de corail passer des hordes de voyageurs en me demandant ce qu'ils trouvaient d'extraordinaire à ce que j'avais toujours eu sous les yeux. Et de tout ça, je faisais encore l'expérience à travers le regard d'Astrid, et j'essayais de me faire mieux que je n'étais.

Le plus souvent elle portait un jean et des pulls amples ou des sweat-shirts frappés du blason de son université ; elle ne se maquillait pas. Un soir, en l'invitant au restaurant, je lui dis :

— Cela me ferait plaisir que tu mettes une petite jupe pour sortir.

Astrid rougit, hésitant entre la gêne et l'indignation.

— Tu veux que je me déguise ?

— Non, non... laisse tomber, je ne suis pas un garçon comme ça...

J'en conçus une certaine contrariété, elle me refusait le plaisir de montrer que je sortais avec une femme attirante, la satisfaction de rendre jaloux les gens que nous croiserions. Sans rien laisser paraître, je trouvais sa réaction humiliante. Est-ce qu'une seule fois dans leur vie, des hommes aussi variés que le chevalier d'Orgeix, Jacques Chirac, Sean Connery, Kirk Douglas, le Marseillais, Alain Delon ou Jean-Paul Belmondo avaient essuyé ce genre de refus ?

J'étais toujours pris dans ces contradictions.

J'avais maintenant assez de stabilité et de confiance en moi pour partager un petit deux-pièces avec Astrid. Tout fut vite illuminé. Vivre ainsi en couple me fit passer un cap, sans que j'aie vraiment le temps de réfléchir au sens profond de ce changement et sans être sûr d'aimer la direction que prenait ma vie. Mais l'effacement progressif de mon rôle d'homme en tant qu'être sexué me faisait un bien fou, il me débarrassait d'un héritage trop pénible à porter. L'amour me paraissait un protocole conscient. En plus de m'inviter à renoncer à mes illusions romantiques, Astrid fit preuve d'une écoute attentive, j'y associai aussitôt la promesse magique d'une embellie. J'avais trouvé quelqu'un que j'aimais de tout mon cœur sans pour autant aller jusqu'à lui parler des histoires avec ma grand-mère.

La situation que j'avais maintenant gagnée dans le monde professionnel m'enjoignait de montrer une assurance tranquille. Celle des gens en place, de ceux qui ont fait leurs preuves, qui ont surmonté leurs points faibles. Une attitude offensive, virile, qui passait pour du dynamisme était toujours requise. La peur obsessionnelle de ne pas être à la hauteur me fichait enfin la paix. À la radio, les méthodes du Marseillais et de son complice continuaient à m'exaspérer mais je m'efforçais de précéder leurs moindres désirs. Il fallait toujours qu'ils se débrouillent pour faire peur, pour crisper, pour choquer par leur grossièreté, par leur cynisme. L'omniprésence des petits tyrans, des petits chefs du *middle management*! Je songeais parfois à l'autorité léonine de mon grand-père. L'idéal masculin relevait à ses yeux d'un certain sang-froid, de l'élégance, de la distinction, du contrôle de soi et d'un mot désuet – le prestige. Il n'aurait jamais pu tolérer de travailler sous les ordres de ce genre de supérieurs – personnages mal fagotés, vulgaires, si peu exemplaires et, au fond, supérieurs en rien. Alors que de mon côté, et en toute innocence, j'étais encore prêt à me soumettre à n'importe quoi.

Une dépêche d'agence, tombée un vendredi soir, mit fin à cette période d'aveuglement. Une classe de collégiens venait d'être ensevelie sous une avalanche. Neuf adolescents, leur prof de maths et une accompagnatrice, partis pour une randonnée à raquettes en lisière de forêt dans les Alpes du Sud, avaient péri. Certains avaient été engloutis en quelques secondes sous des tonnes de neige, d'autres avaient été tués sur le coup, projetés par le souffle de l'avalanche et écrasés contre des mélèzes. Le guide de haute montagne, fin connaisseur de la région, qui encadrait la sortie avait pris l'initiative de maintenir la randonnée, malgré un risque d'avalanche de 4 sur une échelle de 5 degrés. Il avait survécu. L'effervescence de la rédaction ne s'interrompait que pour de courtes réunions de crise où, face aux reporters concentrés et silencieux, Joe Pesci déclinait les angles des papiers avec une énergie surmultipliée : fallait-il incriminer l'inconscience du guide ? Qu'en disaient les spécialistes de la montagne ? Quelqu'un avait-il le numéro de Maurice Herzog ? Y avait-il assez d'adultes pour encadrer cette sortie scolaire ? Les secours avaient-ils été assez rapides et compétents ? Si oui, comment expliquer un bilan aussi ahurissant de onze morts ? Le service de presse du Premier ministre, Lionel Jospin, téléphona pour annoncer qu'il se rendrait sur place en hélicoptère le lendemain matin à la première heure. Au sein de la station, le dispositif de couverture du drame national ne cessait de s'étoffer. Je redoutais d'être lancé à la poursuite des témoignages des parents et des rescapés. Plusieurs camarades, pour s'épargner cette mission délicate, s'étaient portés volontaires pour décrire les aspects techniques de la tragédie. L'avalanche résultait de ce que l'on appelait une « plaque à vent », une accumulation de neige dans une combe sous l'effet des rafales. Un énorme amas instable, retenu derrière une crête, qui pouvait déferler au passage de skieurs ou de randonneurs. En clair, la classe avait peut-être déclenché elle-même l'avalanche fatale. Le rédacteur en chef sauta en l'air, c'était un angle nouveau et passionnant. Les téléphones n'arrêtaient pas de sonner, le correspondant de Grenoble suivrait l'enquête du côté des gendarmes, le bureau de Lyon envoyait du renfort, Paris devait dépêcher quelqu'un en urgence pour faire le pied de grue devant l'hôpital d'Embrun où étaient soignés les blessés, nous étions sûrs d'avoir la meilleure couverture, plus complète que celle d'Europe 1 ou d'Inter.

En tant que reporter d'astreinte, je fus désigné pour passer la nuit au collège privé Saint-François-d'Assise de Montigny-le-Bretonneux d'où venaient les élèves de la classe de quatrième.

Par le plus grand des hasards, c'était le quartier pavillonnaire où avait vécu ma femme, un coin tranquille de la ville nouvelle de Saint-Quentin-en-Yvelines où logeaient beaucoup de familles qui profitaient de la proximité avec Versailles. J'avais mal au ventre mais, dans l'excitation, je reconsidérai mon point de vue : c'était encore un gros coup où les médias auraient un rôle important à jouer, les règles de sécurité préconisées pendant les classes de neige seraient peut-être revues, d'autres questions intéressantes allaient sûrement jaillir.

En quelques heures, le parking situé devant le collège fut envahi de journalistes, de photographes, d'équipes de télévision prêts à harceler les proches des victimes ou les responsables de l'établissement. Dans ce chaos, les plus entraînés des reporters, dont je faisais maintenant partie, savaient qu'il fallait se désolidariser de la meute médiatique pour se fondre au milieu des familles. Dans la nuit froide, les Nagra et les appareils photo étaient dissimulés sous les parkas et les blousons en cuir, prêts à être dégainés. La rumeur courait que certains enfants rescapés avaient téléphoné pour rassurer leur famille ; d'autres parents étaient toujours sans nouvelles.

Quand les portes du collège s'ouvrirent, la foule fut poussée sans distinction sous un préau ou dans un gymnase. Personne n'eut le temps de réfléchir face à l'horreur. Une vague d'émotion submergeait l'assemblée. Les parents n'avaient pas idée de ce qui allait se passer. Vers 23 heures, un homme en costume, le visage décomposé, monta sur une table ou une estrade et dit : « Ne rentreront pas : Audrey... Gaëlle... Leslie... Jean-Baptiste... » L'annonce de chaque prénom était suivie d'un temps de stupéfaction, puis de lamentations insupportables. L'horreur me sautait à la figure. Un photographe de presse essaya de placer son œil devant son objectif pour shooter en douce, un confrère posa la main sur son avant-bras, l'air furieux, pour l'obliger à baisser son appareil. D'autres n'eurent pas ces scrupules, mais les clichés ne parurent jamais. Entendant le prénom d'une petite victime, un vieux monsieur fut pris d'un malaise et resta étendu sur le sol pendant que d'autres parents lui portaient les premiers secours. Sous l'effet de sidération, j'étais incapable de trouver les mots justes pour soutenir ces gens. L'angoisse m'écrasait. Un terrible sentiment d'injustice accablait l'assemblée.

Le lendemain matin, le rédacteur en chef du week-end me reprocha sur un ton de plaisanterie ambigu de n'avoir pas enregistré la longue litanie des prénoms. Les deux jours qui suivirent, une course de vitesse s'engagea entre les différents médias, je ne dormis presque pas, galvanisé par la recherche de témoignages. L'équipe de choc à la tête de la rédaction avait mis la barre très haut, elle voulait entendre un gamin rescapé sur l'antenne, en exclusivité. Je mesurais à quel point il était dérisoire qu'un de ces collégiens raconte pendant un court extrait de cinquante secondes comment il avait creusé dans la neige, au milieu des cris et des larmes ou d'un silence absolu, pour essayer de sauver un camarade. Et ce, dans le seul but de donner un frisson d'horreur à des millions d'auditeurs, au volant de leur voiture ou en train de se brosser les dents à côté de leur transistor. Mais, sur le coup, j'y croyais encore. D'une certaine manière, je continuais à m'infliger ce rite viril que représentait la couverture à chaud des plus terribles catastrophes humaines. Le rôle du reporter endurci, accrocheur, fouineur, était dans la droite ligne des défis qu'on m'avait toujours lancés.

J'arpentai Montigny-le-Bretonneux avec fièvre, les enfants rescapés étaient rentrés de l'hôpital d'Embrun. Qui y avait-il en face de moi ? Chaque fois que je sonnais à la porte d'une de ces maisons au crépi beige entourées de thuyas, je tombais sur des parents, dignes et respectueux, qui ne demandaient qu'à être laissés en paix. Les responsables du collège, de braves gens, étaient dépassés, effarés. Au bout de quelques jours, ils claquaient la porte au nez des journalistes qui voulaient leur parler, dégoûtés par ceux qui avaient proposé de fortes sommes d'argent pour acheter la photo de classe de la quatrième C. Ils ne voulaient pas que la mémoire des victimes soit salie, demandaient, suppliaient même qu'on les laisse tranquilles.

— Ils finiront par parler ! prophétisa Joe Pesci.

Le Marseillais renchérit : il ne fallait pas lâcher, traîner là-bas, se fondre dans le décor à la sortie du collège, les gens s'habitueraient à moi, des liens se tisseraient et quand ils seraient en confiance, il y en aurait un pour parler juste par sympathie. Avec enthousiasme, il m'ordonna de m'installer à l'hôtel à Saint-Quentin-en-Yvelines pour être à pied d'œuvre tôt le matin jusque tard le soir – c'était un travail d'infiltration, de longue haleine. Les chefs fantasmaient toujours sur les témoignages des collégiens et voulaient m'obliger à dormir à trente kilomètres de chez moi, alors qu'il était si important à mes yeux de retrouver chaque soir ma femme et notre bébé, une fillette de six mois.

Ma colère enflait sourdement, me réveillant au milieu de la nuit. Ces faits divers traités à la chaîne m'avaient rendu sensible à la douleur des endeuillés, à leur hébétude, à leur dignité ; l'avancement de ma carrière, l'adrénaline de la course au scoop ne suffisaient pas à justifier les bêtises qu'il fallait raconter pour convaincre les acteurs de ces drames de parler au micro, leur rabâchant qu'il était nécessaire de changer les lois, de faire pression sur les magistrats, exacerbant ainsi leur impuissance et leur chagrin. J'avais envie de crier mon ras-le-bol.

Le soir, au lieu d'aller à l'hôtel, je dormis chez moi avec ma femme et ma fille sans rien en dire à mes supérieurs.

Le matin suivant, je me présentai à 9 heures à la conférence de rédaction. Fallait-il que je prononce à voix haute les phrases qui me tournaient dans la tête ? En avais-je le droit ? La radio me virerait. Autour de la grande table ovale siégeaient les chefs de service, le ban et l'arrière-ban de la rédaction avaient été convoqués, les plus anciens des reporters se tenaient debout dans le premier cercle, puis, derrière, les derniers arrivés et les stagiaires. Je me glissai dans cette petite troupe. Le boss distribuait la parole avec sérieux, le nez plongé dans la « conduite », une cinquantaine de pages agrafées qui recensaient tous les faits d'actualité.

— Et le collège de Montigny ?

— On y est, Wynck dort sur place, annonça sobrement Joe Pesci.

Au même moment, le boss m'aperçut. Il me demanda d'une voix glaciale :

— Mais... qu'est-ce que vous faites là ?

Tous les visages se tournèrent dans ma direction ; mes amis baissaient la tête, pressentant la terrible engueulade qui suivrait.

Ma voix s'éleva avec une fermeté inédite. Je n'avais plus peur. L'image que j'allais donner m'importait peu. Il fallait que je décrive la douleur légitime qu'éprouvaient ces braves parents. Je donnai quelques explications factuelles dans un épais silence, à partir de mes observations sur le terrain. Aucune voix ne s'éleva pour me soutenir. Puis je regardai mes collègues, un à un, ahuri. Étaient-ils fous, tous fous ? Comment se pouvait-il que personne ne dise rien pour prendre ma défense ? Certaines barrières morales étaient-elles tombées ? En vérité, bien peu de ces journalistes, pris à part, auraient défendu un acharnement aussi absurde. Chez la plupart de mes collègues, la soumission aveugle provenait d'une zone obscure, incontrôlée, qu'ils préféraient taire ou ignorer. Aucun journaliste n'essayait de convaincre des parents endeuillés de parler dans un micro par plaisir. C'était la contrainte ou la peur qui fédérait la plupart. Un comportement collectif dont nous ne discutions jamais entre nous. Quelle était la justification d'un tel panurgisme? J'eus envie de leur jeter des paroles furieuses, de les insulter sous le coup de la colère: « Lâches! Bande de lâches! » Le boss prit tout son temps, peut-être trente secondes, ce qui me parut très long, et l'ordre claqua:

— Filez! Retournez-y! Vite!

J'allais le contredire, le reprendre de volée devant tout le monde quand un camarade me poussa d'un coup d'épaule dans le petit couloir vers la sortie:

— Laisse tomber. Dis que tu y vas! C'est mieux. Fais-toi oublier un jour ou deux en prétendant que tu continues à chercher! Disparais. Quand ils sont comme ça, il ne faut même pas essayer de discuter...

Je pris le volant d'une voiture de la radio avec une calme obéissance, tâchant de maîtriser le mépris et la colère froide que m'inspiraient les rédacteurs en chef, et je roulai sans but précis. Je me garai à côté d'une station-service de l'A86, vers Jouy-en-Josas, bus un expresso devant une machine à café. Le camarade qui m'avait empêché de parler plus avant avait eu raison, j'étais incapable d'avancer mes arguments de manière posée. Il fallait que je donne l'impression de battre en retraite, le temps de m'organiser. Je me sentais seul, différent et presque anormal. Je subissais les conséquences de ces derniers mois. La pression démentielle que faisaient peser ces petits chefs sur mes épaules existait parce que j'entrais dans leur jeu pour leur plaire; il me suffisait de ne plus y adhérer, de me moquer de leur jugement, de disposer de moi-même, et leur influence se tarirait immédiatement. Moyennant quoi, je perdrais ma place.

Un siècle s'écoula sur cette aire d'autoroute. C'était un endroit de passage où je pouvais me retrancher afin de réfléchir et d'identifier les émotions honnêtes que j'avais dû ravaler pour ne pas passer pour un homme trop sensible. J'atteignais dans cette activité de reporter une sorte de limite. Il fallait dessiner une ligne nette entre la curiosité légitime et l'autre, malsaine. Nous voulions tous connaître ce qu'on cherche à nous dissimuler, parfois nous voulions arracher de force les sentiments les plus intimes, le chagrin, la peur ou la honte. Nous pouvions imaginer le désespoir de parents qui perdent un enfant dans des conditions tragiques mais il nous fallait en plus les entendre l'exprimer, qu'ils mettent des mots, les obliger à témoigner de cette expérience indicible. Au fond, nous n'avions pas de bonnes raisons de le faire.

Ces pensées me rendirent le courage d'affronter la désaffection de mes supérieurs et les brimades, si bien que rien ne put m'atteindre pendant les mois qui suivirent. Ni la vexation lorsque parut un témoignage d'enfant rescapé de l'avalanche dans *Le Figaro* (un collégien, qui s'avéra être le filleul de la journaliste, s'était confié lors d'une réunion de famille), ni les coups bas de Joe Pesci qui me faisait appeler à la rédaction de toute urgence pendant mes jours de repos pour couvrir les nouvelles tendances de maillots de bain.

Je n'avais plus qu'une seule idée en tête : rester digne, ne pas me plaindre ni leur donner le plaisir de s'apercevoir que j'en bavais. Six mois plus tard, je quittai la radio sur la pointe des pieds au moment où, d'un geste magnanime, le boss « passait l'éponge » et me proposait de signer un contrat à durée indéterminée.

16

Avec le temps, le mot « grand-mère » était devenu indécent, au regard des centaines de gestes sur ma peau, des paroles dégradantes, des insinuations dégoûtantes répétées à la folie. Tout ce poison s'était infiltré en moi à chaque toilette forcée. L'accaparation du corps s'était poursuivie pendant presque une décennie gâchée de mon enfance et de mon adolescence. Le rituel du mardi soir était devenu de plus en plus obsédant et dérangeant avec la puberté. Les bains se répétaient au même rythme effréné, ma grand-mère frottait mon pénis en s'agaçant comme une maîtresse d'école qui cherche à effacer une erreur écrite à la craie sur le tableau noir par un cancre insolent. Elle voulait le voir disparaître. J'étais toujours seul sur mon île déserte. « Rituel » restait le mot le plus approprié pour décrire sa perversité. Quelle haine inassouvie était au cœur de cette femme assoiffée de vengeance ? Pendant le rituel proprement dit, ce n'était pas la dimension sexuelle qui me perturbait. Encore une fois, elle n'existait pas de mon point de vue dans ces moments de dépersonnalisation – elle évoquait encore moins l'émasculation, même symbolique –, je me croyais au-dessus de ça, mais je trouvais ridicule à treize ou quatorze ans que ma grand-mère me donne encore le bain. Cet empêchement à grandir me faisait honte. Si jamais un de mes copains était venu à le soupçonner, j'aurais été la risée du collège.

Combien de temps reste-t-on à ressasser les mêmes souvenirs ? Chaque fois, de nouvelles choses s'éclairent. Comme la révélation de pulsions tournées contre soi.

Vers l'âge de treize ans, je m'étais persuadé que mon pouvoir de séduction tenait pour l'essentiel à ma coupe de cheveux. Une belle mèche épaisse de cheveux châtains me barrait le front, je la repoussais en arrière en y passant la main d'un air ténébreux. Ma grand-mère, qui supervisait chaque rendez-vous chez le coiffeur, l'avait deviné. Elle exigea donc que mes cheveux soient coupés court, bien dégagés sur le haut du crâne et autour des oreilles. J'essayais de négocier un peu plus de longueur, mais elle me faisait les gros yeux et dès que le coiffeur nous tournait le dos, elle m'assénait : « Tu veux finir comme ton cochon de père ? »

Un mercredi, je me sentais si malheureux qu'au moment où le coiffeur s'approcha pour prendre les consignes, je m'écriai sans savoir pourquoi :

— Boule à zéro !

Il eut d'abord l'air perplexe, interrogea ma grand-mère d'un regard gêné. Elle n'y voyait pas d'objection.

— Nous avons toujours rêvé d'avoir un saint-cyrien dans la famille !

Je répétai :

— Coupe militaire !

Ma grand-mère serait bien contente. En dix minutes de tondeuse, l'affaire fut réglée. En sortant, j'avais terriblement froid. Je détestais ce crâne rasé qui m'obligea à affronter le premier grand assaut de spleen de mon adolescence.

— Qu'est-ce qui t'arrive, mon pauvre chéri ? me demanda ma grand-mère, plus tard dans la rue.

— Je ne sais pas.

Je ne m'étais jamais senti aussi mélancolique, je me tuais à chercher pourquoi.

Dans le magma de la mémoire, les mêmes scènes faisaient des retours brutaux, sans tenir compte d'aucune chronologie. La culpabilité est la plus longue à vaincre, et c'est elle qui génère ces retours intempestifs. Elle empêche de tourner la page, anime une rage incessante contre soi-même. Elle persiste même quand les actes fous qu'on a accomplis des dizaines d'années plus tôt s'expliquent enfin. Quand mon père devint un kiné reconnu, invité dans de nombreux colloques un peu partout en Europe, pressenti pour diriger des formations à l'étranger, il se mit à voyager et ma grand-mère m'annonça, sous le sceau du secret, que mon géniteur passait les bornes, il était devenu un « cavaleur international ». Une femme ou même plusieurs l'attendaient dans chaque pays. Qu'aurait-il fait d'autre de ses soirées dans ces hôtels, loin de sa famille ? Une nouvelle étape dans l'immoralité était franchie.

Un soir, mon père invita à dîner à la maison une jeune kiné vénézuélienne qu'il formait à l'hôpital. Il arriva sans prévenir avec elle, ce qui était très inhabituel. C'était une belle jeune femme, aux formes épanouies, d'environ vingt-cinq ans. Ses traits, la douceur de son accent exotique, sa bienveillance me touchèrent. Mon cœur chavirait, elle m'attirait beaucoup. Je me passionnai pour la conversation, qui tournait en grande partie autour de leur métier : accélération du flux, malformations de l'arbre bronchique, infections microbiennes. On aurait dit qu'ils se parlaient dans un langage codé, comme une déclaration d'amour cryptée. Tout tourbillonnait très vite dans ma tête, de gros morceaux de mensonges et de minuscules particules de vérités, incapables de s'agglutiner. J'essayai de faire dévier la conversation sur la vie de la jeune Vénézuélienne. Elle habitait une chambre de bonne, avenue de La Bourdonnais, dans le 7e arrondissement. Seule information que je réussis à lui soutirer.

Quelques jours plus tard, je débarquai sur un coup de tête dans le quartier de l'École militaire où je n'avais jamais mis les pieds. En haut de l'avenue de La Bourdonnais, à bout d'excitation, je me rendis compte que j'étais seul avec mes illusions. Qu'est-ce que je foutais là ? En fin d'après-midi, pour couronner le tout, il se mit à bruiner. Je lâchai la bride à mon imagination dans des visions hallucinées. J'épiais les allées et venues dans l'immeuble de la Vénézuélienne en m'attendant à voir surgir mon père, après une belle partie de jambes en l'air. Au fond, je ne savais plus si la jeune kiné m'excitait ou si je voulais prendre mon père en flagrant délit pour en avoir le cœur net.

Entre vingt et trente-cinq ans, je ne pensais qu'une seule chose : ce que j'avais vécu avec ma grand-mère était indicible et gênant, presque grotesque. Je voulais éviter que cette histoire secrète devienne une obsession. Il valait mieux ne jamais en parler, à moins de ne pas craindre un suicide social. Je n'avais aucune envie de me transformer en une curiosité. D'autres hommes, dans le même cas, se taisaient sûrement, souillés, trompés et abandonnés à leur sort.

Et si j'avais parlé, m'aurait-on cru ?

Je m'efforçais toujours de m'enraciner dans une nouvelle réalité, en me débarrassant du passé malade. Certaines personnes peuvent dire, après la mort d'un enfant fauché en pleine jeunesse par un accident de la route, que leur famille n'a plus jamais été la même à la suite de l'événement tragique. C'est une douleur compréhensible immédiatement pour les autres, on ne peut que plaindre les parents, louer leur dignité, leur retenue face à une épreuve si cruelle. Le drame de ma famille relevait de la catégorie indigne. Nos vices appartenaient aux bas-fonds, à leurs gestes brutaux, à leurs commérages répugnants, à leur ignorance crasse. Quelque chose que mes ascendants essayaient de cacher par tous les moyens. La perversité de ma grand-mère avait fleuri sur ce tas de fumier.

17

Après son départ de la maison, je pris l'habitude de déjeuner avec mon père dans la brasserie au pied de son cabinet ; il levait la main en m'apercevant comme si je le débusquais dans une cachette. Il n'était pas difficile de deviner qu'une nouvelle femme était entrée dans sa vie, ses blazers et ses pantalons en flanelle avaient été remplacés par des blousons de sport et des pantalons de toile, ses chemises blanches ou bleu ciel par d'autres saumon ou parme, une chaînette en or brillait autour de son cou. Il en parlait peu. En principe, il était libéré de son anxiété. Personne n'exigeait plus qu'il soit à la hauteur, il était devenu son seul maître. Le pichet de mauvais rosé posé sur la table était vidé avant que nous ayons fini l'entrée, un pâté de campagne ou une antiboise, la spécialité de la maison ; le second pichet arrivait avant d'attaquer l'entrecôte sauce au poivre vert avec pommes allumettes, je refusais la troisième tournée avant l'île flottante. Le menu de la brasserie n'avait pas varié depuis des années.

La patronne nous réservait un coin sombre où des mégots traînaient par terre, les banquettes de skaï, éventrées, étaient balafrées de longs scotchs noirs. J'étais vite gagné par une légère ébriété. Je voulais savoir si la famille parasitait encore sa pensée, si la joie lui était devenue possible dans sa nouvelle vie. Je sentais qu'il avait franchi un cap, l'obsession de se conformer à des idées grandioses ne l'accaparait plus. Il ne se laissait pas sonder facilement, mais parfois, brièvement, je parvenais à le percer à jour :

— Tu te sens mieux maintenant ?

Il acquiesçait avec la tête un peu défaite d'un convalescent.

Le reste du temps, nous parlions beaucoup, sans nous écouter, nous accrochant sur tout et n'importe quoi, même quand nous étions d'accord. Mais si je le laissais parler sans le contrer, mon père transpirait, braillait, s'énervait. Le jour où je lui avais confié mes doutes sur mon métier, parlé de l'obéissance aveugle qu'on exigeait des journalistes, de mes illusions perdues sur le métier, il se mit à hocher la tête avec un sourire moqueur.

— C'est quand même une bonne maison, cette radio, tu as fait ton trou ! Allez, tiens bon !

Toujours cette mauvaise manie de se poser trop de questions, cette maladie nerveuse qui consistait à tout analyser, ces postures ridicules, la sensiblerie. À ses yeux, un Français, autrement dit un homme de droite moyen, avait des sujets de préoccupation plus concrets que les miens : payer son loyer, nourrir ses gosses, se défouler.

— Moi, Mai 68 m'a guéri à jamais de l'admiration pour les intellectuels et les maîtres à penser de toutes sortes, commença-t-il. Un soir, pendant les événements, j'étais curieux de voir ce qui se passait dans le quartier du Luxembourg. Nous venions de nous installer, ta mère et moi, nous voulions avoir des enfants, j'avais vissé la veille sur la façade de l'immeuble la plaque du cabinet, autant dire que nous avions d'autres soucis en tête que les pleurnicheries existentielles des petits minets. Contre toute attente, une fois là-bas au milieu d'eux, l'atmosphère m'a beaucoup plu, c'était incroyable, les gens s'écoutaient, se comprenaient, fraternisaient, les étudiants, les ouvriers, tout le monde se respectait... Parfois un mec parlait mieux que les autres et faisait un discours que les gens applaudissaient, il y avait un enthousiasme fou, une fraternité, une excitation renforcée par l'impression vague de danger parce qu'à tout moment les CRS pouvaient charger. C'était la révolution. Un gars passionnant chauffait la foule, il taillait des croupières au général de Gaulle, à la France de papa, aux bourgeois rigides, aux mœurs tristes et rétrogrades. J'avais demandé qui était ce type qui s'exprimait vraiment bien. On me dit qu'il était journaliste, qu'il se nommait Jean Daniel. À la fin, les plus exaltés des gamins avaient déchaussé les pavés de la rue Gay-Lussac, descellé les plaques en fonte au pied des arbres et avaient commencé à les lancer sur les flics.

Mon père racontait vraiment bien les histoires, il ajoutait des détails frappants. On était vite suspendu à ses lèvres. Sa voix vibrait dans des modulations variées, des silences ponctuaient ses paroles. Je lui demandai une cigarette pour partager son excitation.

— Et d'un coup, les CRS ont chargé. C'était la castagne, la vraie. Je me suis mis à courir, prêt à me faire joyeusement péter la gueule. D'un coup, dans la foule, quelqu'un a demandé où était passé Jean Daniel. On l'avait rattrapé par le col avant qu'il ne s'engouffre dans le métro. Quelqu'un lui avait dit : « Alors, qu'est-ce que tu fous ? Faut y aller ! » Et Jean Daniel avait répondu : « Ça va pas, non ? Je vais pas me faire démolir le portrait pour des idées ! »

Mon père conclut :

— Tu vois ce que c'est qu'un intellectuel de gauche !

À quoi bon le placer face à ses contradictions ? Je n'ai rien répondu.

Après son départ, ma mère et mes frères avaient appris à se passer de mon père. J'avais toujours le sens de la famille. Déjeuners du dimanche, messes de Noël, quinze jours d'été à Royan. Sans me poser de questions. Je ne pointais pas du doigt les hypocrisies, je ne pensais pas au secret avec ma grand-mère, je n'analysais pas mon enfance, j'avançais. Soucieux avant tout de ne pas faire trop de peine aux autres. Le boulot de reporter consumait toute mon énergie. L'actualité s'était emballée – l'attentat de Saint-Michel, la grande grève des transports, la mort de Mitterrand, les sans-papiers de l'église Saint-Bernard –, je ne savais pas où donner de la tête, j'étais électrisé, dans une sorte d'état second.

Mes filles naquirent, nous faisions tout pour qu'elles soient élevées avec le sentiment d'appartenir à la famille idéale, sans nuage. Quand les gens pointaient le lignage évident, les ressemblances physiques qui existaient entre ma mère, ma grand-mère et moi – mêmes yeux marron expressifs, longs cils et teint mat –, cette dernière ne manquait jamais d'ajouter : « Celui-là, pas de doute, il est bien de notre côté ! » J'étais sans doute le seul à lire entre les lignes, à comprendre les significations sous-jacentes qu'il fallait donner à son exclamation banale.

Quelques années étaient passées et, sans avoir rompu les liens avec ma grand-mère, j'avais parfois l'impression que nous avions perdu le feu des années de secret, cette façon de se parler à voix basse comme des comploteurs et de nous interrompre brutalement de peur d'être surpris. La réalité de notre histoire était encore largement occultée.

Le 22 avril 2002, j'ai téléphoné à mon père. Il était en rage après la soirée électorale et me reprochait, comme si j'y étais personnellement pour quelque chose, la stratégie de Jospin. La gauche n'avait pas de patron, un vrai chef n'aurait jamais laissé prospérer ces candidatures presque anecdotiques qui avaient fractionné son électorat en une multitude de petits scores : Jean-Pierre Chevènement, Christiane Taubira ou Noël Mamère… la gauche « plurielle », quelle vaste blague ! Il s'emportait, criait dans le combiné que notre champion n'avait rien dans le pantalon, sinon il aurait remis de l'ordre dans sa maison. Chirac allait se faire réélire de manière déloyale, c'était un déshonneur. On avait volé l'élection aux citoyens. Si nous avions Le Pen au deuxième tour, c'était notre faute, nous ne comprenions rien aux vraies gens qui avaient besoin de camps bien délimités, de repères idéologiques simples et clairs.

Quelques mois plus tôt, mon père avait subi plusieurs opérations chirurgicales et ses premières séances de chimiothérapie pour lutter contre une maladie dont il ne prononçait jamais le nom. L'automne précédent, il m'avait téléphoné pour me dire que les médecins avaient trouvé une tache suspecte sur la radio de sa vessie mais qu'il ne fallait pas m'en faire, puis il m'appela pour me dire qu'il avait bon espoir en entrant en clinique pour subir une opération, les chirurgiens allaient finir le travail et retirer les derniers polypes qui persistaient. Puis il nous dit qu'il allait être hospitalisé à nouveau sans jamais nous préciser dans quel service on l'avait transféré. Je compris le genre d'endroit dans lequel il se trouvait quand je vis que dans la chambre voisine de la sienne, on laissait fumer un malade torse nu dont les poumons devenus d'énormes grosseurs noirâtres menaçaient de faire éclater la peau du thorax.

En réalité, mon père était à bout de forces, rongé depuis des mois par un cancer de la vessie. La musculature du héros de mon enfance avait fondu, même les cernes si creusés n'avaient plus de relief autour de ses grands yeux bleus démesurés, pleins de terreur. Son corps décharné flottait dans un pyjama noir orné d'un idéogramme japonais brodé en rouge. Ses rares cheveux trempés de sueur étaient plaqués. Ses lèvres envahies par d'épaisses croûtes et de plaies à vif rendaient son élocution pénible et ralentie, donnant l'impression que chaque bribe de phrase l'épuisait. C'était foutu. Il allait mourir.

À la même époque, je devins père d'un petit garçon. Cette asymétrie du destin provoquait en moi une totale confusion. Émotions croisées : joie intense et profonde affliction. Courtes visites d'après-midi dans la lumière, le silence harmonieux et le blanc éclatant de la maternité. Ma femme, souriante, penchée sur notre enfant. Premières grimaces du bébé dans son berceau transparent de Plexiglas. Longues soirées silencieuses dans le service de soins palliatifs. Masque de douleur et mutisme de mon père. Carambolage du cœur. Bataille de boules de neige avec mes deux filles, au cours d'une traversée du parc Montsouris soudain saisi par l'hiver. Longs conciliabules avec la compagne de mon père, à propos de l'échec des ultimes thérapies et de l'angoisse des derniers jours.

Tout était écrit depuis le début. Nous nous étions souvent manqués. Même ses derniers actes, motivés par la pudeur, s'étaient transformés à mes yeux en nouveaux chapitres de sa vie de baiseur compulsif. Il ne pouvait pas en être autrement. Quand mon père avait été attaqué par la maladie et qu'une longue lutte s'était engagée, rythmée par les chimiothérapies et les interventions chirurgicales, il avait vendu son cabinet de kiné, la mort dans l'âme. Nous l'avions aidé à le déménager, mais il avait insisté pour que nous passions par le parking pour transporter ses affaires, le plus discrètement possible, parce qu'il ne voulait pas se montrer dans la rue, ni croiser un patient qui aurait pu le reconnaître. C'était très important à ses yeux de ne pas perdre sa dignité, je le compris bien plus tard. Il ne voulait pas apparaître diminué, amaigri, les cheveux clairsemés, mais il n'expliqua rien. Faute de repères fiables, je laissai encore courir mon imagination et repensai à ses maîtresses du quartier. Comment ne pas revivre à travers ce départ en catimini les graves accusations de ma grand-mère ?

L'approche de sa mort annonçait le retour d'un passé trouble, le brouillard des secrets de famille, la charge des chevaux lourds de la mauvaise conscience et la canonnade des révélations infligées. Et je n'en avais pas envie.

18

Taiseux, furieux, farouche, mon père eut une fin difficile. L'atmosphère dans sa chambre était saturée d'émotions ravalées. Jusque-là, avec lui, il y avait eu des silences orgueilleux, ombrageux, jamais un silence opaque comme celui-ci. Nous nous quittions chaque soir en nous jurant qu'il faudrait nous parler vraiment, d'homme à homme, pour nous dire les choses importantes que nous ne nous étions jamais dites. Je n'osais pas ajouter : pour nous dire adieu. Nous nous retrouvions, le lendemain matin, en nous gratifiant d'un timide « Ça va ? », puis, regrettant presque aussitôt la platitude de nos échanges, nous regardions la télévision avec avidité par crainte du vide. Ces programmes de variétés ou de tourisme, de gastronomie du terroir, diffusés aux heures creuses de la grille de France 3, me donnaient envie de pleurer en cachette. Mais au moins, mes frères et moi étions à ses côtés.

Mon père semblait suivre du regard les spectres qu'il était le seul à voir planer dans l'air, inquiétants et sombres. Il avait la volonté de garder le silence pendant la phase terminale, c'était son droit le plus sacré, nous devions le respecter. Il avait été une âme blessée, se cognant partout, à la poursuite d'on ne savait quoi. Au seuil du grand saut, nous le sentions toujours en colère, atteint d'une rage impuissante, et nous ne savions plus quoi faire pour l'aider à partir avec davantage de sérénité. Était-il secrètement en quête de spiritualité, tentant d'imaginer l'au-delà ? Un jour, il m'avait demandé à quoi avaient ressemblé les rendez-vous chez cette psy que j'avais vue un temps en sortant de l'hôpital psychiatrique. Que fallait-il lui dire de soi pour se sentir mieux ? Qu'attendait-elle de ses patients ? Je lui avais répondu, dans l'espoir de le soulager :

— Tu peux lui confier des choses que personne ne saura jamais, rien n'est plus précieux, ça te ferait du bien ! De toute façon, le docteur est tenu au secret médical.

Le lendemain matin, sans témoin, il fit venir la psychologue du service de soins palliatifs, elle resta dix minutes au bord de son lit à attendre qu'il ouvre la bouche. Puis mon père, plein de ses tourments, lui fit signe de le laisser tranquille. Elle obéit sans un mot. Hermétique, il ne montra rien jusqu'au bout, retranché dans son domaine, quasi impénétrable, sans démêler les histoires complexes qu'il avait accumulées au cours de sa trop brève existence.

Il nous écrivit une courte page manuscrite, de son écriture couchée de gaucher reconnaissable entre toutes, pour nous dire qu'il nous aimait et qu'il était fier de nous. Dans un effort pour relier mes visions d'enfance à ces instants à l'hôpital, j'échouai à décrire un sentiment limpide pour définir notre relation. Manipulé depuis mon plus jeune âge, monté sans arrêt contre lui, j'avais longtemps considéré qu'au fond il nous avait trahis. Les terribles secrets que je détenais par le biais de ma grand-mère m'avaient toujours poussé à l'affronter. Au moment de son agonie, la culpabilité qui en découlait était intense. Et pour sa part, il ne s'était jamais excusé pour la brutalité avec laquelle il m'avait traité, pour la pression impitoyable qu'il avait exercée sur moi pendant mes études, pour sa catastrophique théorie du ressort, ni pour les explosions de colère infligées les dernières années où nous avions formé une famille.

Pour la première fois depuis longtemps, à l'occasion de ses obsèques, je repris contact avec la haine confite, les assauts passionnels qui avaient toujours prévalu entre ma grand-mère et lui. Le défunt avait tenu à ce que nous respections sa dernière volonté : il ne voulait pas qu'elle assiste à son enterrement. Nous pensions qu'il ne fallait pas la mettre au courant pour nous épargner un nouveau conflit de loyauté. J'avais trente-trois ans. Ma grand-mère en avait quatre-vingt-six et perdait un peu la tête mais ma mère ne put garder la nouvelle pour elle. Cela fit sûrement l'effet d'une bombe à fragmentation dans le vieux cerveau ravagé.

L'enterrement se déroula dans une église pleine. Je m'efforçais de croire aux mots de paix et de repos que le prêtre prononçait, mais je ne pouvais m'empêcher de penser à la folie perverse dans laquelle ma grand-mère m'avait entraîné. Par mesure de précaution, ma mère et mon oncle étaient restés dans les travées les plus proches de l'entrée afin de la ceinturer au cas où elle entrerait pour perturber la cérémonie. Son irruption dans l'église n'aurait pas déclenché de vrai scandale, ma grand-mère était trop diminuée physiquement, mais le moindre crissement de pieds de chaise ou l'écho de voix aussitôt étouffées me mettait les nerfs à vif. Heureusement, la vieille sorcière ne se présenta pas. Elle réussit néanmoins encore une fois à parasiter nos vies.

Quelques jours plus tôt, elle avait laissé un message sur le téléphone portable d'un de mes frères, un avertissement délirant où elle chuchotait d'une voix lugubre et chevrotante :

— C'est le fantôme d'une vieille femme qui rôde...

Je m'efforçais de ne pas penser au rôle toxique, peut-être létal, qu'elle avait joué dans l'existence de mon père. Trop déprimant ! Je me sentais complice du long travail de sape que l'on pouvait assimiler à un assassinat sur plusieurs décennies. D'une certaine façon, par la médisance, les sarcasmes, les postures scandalisées, les jugements moraux, le mépris de classe, je croyais que moi aussi j'avais tué mon père.

Pour m'apaiser, si futile que cela puisse paraître, je tâchais de repenser à ses goûts littéraires, passais en revue la galerie de personnages de romans qu'il m'avait fait découvrir. Le grand veneur de Pierre Moinot, l'auteur de *La Chasse royale*, le maître de manège à l'ancienne d'*En avant, calme et droit* de François Nourissier, les pêcheurs à la mouche de William Humphrey et l'écuyer du Cadre noir de *Milady*, une nouvelle de Paul Morand dont Jacques Dufilho fut l'inoubliable interprète à la télévision. Des héros pour lesquels l'honneur, le courage viril importaient plus que tout. J'avais lu tous ces livres pour lui faire plaisir, avec le sentiment que ces hommes appartenaient à un monde disparu qu'il n'avait lui-même pas connu, d'autant plus éloigné de ma sensibilité.

Pour lui rendre hommage, les agents du SMUR pédiatrique de l'hôpital où il avait travaillé toute sa vie avaient disposé deux ambulances aux gyrophares allumés de part et d'autre de l'église, formant une sorte de haie d'honneur. Les éclats de lumière bleue se projetaient par alternance sur l'édifice.

D'une certaine manière, la fin du règne de Jacques Chirac fut aussi une longue agonie. Pathétique et absurde. Pendant la décennie qu'il passa à l'Élysée, le RPR, l'œuvre de sa vie, se désintégra : la machine de guerre, l'armée de milliers de militants dévoués corps et âme, les gens qui avaient collé les affiches comme mes parents en 1977, les gens qui criaient son nom, les gens qui avaient distribué des pommes en 1995. L'édifice façonné pour conquérir le pouvoir ne pouvait pas lui survivre. Le chiraquisme n'avait rien d'un vrai concept politique, c'était un truc vide, destiné à servir l'ambition d'un seul homme. Chirac avait au moins été un vrai chef, viril et énergique, disaient avec une pointe d'amertume ceux qui le défendaient encore. Même quand ils furent jetés en prison pour trafic d'influence et complicité d'abus de biens sociaux, ceux qui connaissaient les secrets inavouables du RPR ne dirent rien : ils auraient tout donné pour Chirac, c'est ce qu'on appelle la loyauté dans le milieu politique. Dans la mafia aussi. Chaque fois que l'un de ces alliés de l'ombre était sous le projecteur de la justice, Chirac se désolidarisait. « Je suis indigné. » « Il doit y avoir des limites à la calomnie. » « On fait parler un homme mort il y a plus d'un an. » « On rapporte une histoire abracadabrantesque. »

Quand Chirac mentait, on le voyait tout de suite, ses narines se dilataient et alors qu'il voulait passer pour grave et solennel, on aurait dit qu'il avait envie d'éclater de rire – d'un rire qui aurait tout balayé sur son passage. Durant quelques jours, l'enregistrement vidéo d'un témoignage avait fait monter la fièvre dans le pays. Dans une mise en scène dépouillée, seul face à une caméra fixe, un ancien promoteur immobilier, Jean-Claude Méry, s'était livré à une longue confession, au cas où il lui arriverait quelque chose. L'homme racontait qu'il avait promené des valises de billets, cinq millions de francs en liquide, sous le nez de Chirac. L'argent n'allait pas dans ses poches, il servait à alimenter l'armée en campagne. Ce gars-là avait été lâché. Il avait croupi plus de cinq mois en prison, au moment de la présidentielle de 1995 face à Balladur, et il n'avait rien lâché aux juges pour ne pas salir son patron, cinq mois où on lui avait fait passer des messages pour qu'il tienne bon : « On vous en supplie, l'élection dépend de votre silence... Vous voyez, votre silence paie, Chirac est en train de remonter dans les sondages... » Et à la sortie de prison : disgrâce, abandon et cancer. Le financier occulte du RPR, le gars qui avait traîné sa petite mallette pendant des années pour faire le tour des entreprises et collecter de l'argent par le biais d'un vaste système de racket se savait condamné. Ses aveux posthumes, une vraie bombe politique, firent *pschitt*. Chirac fut réélu deux ans plus tard dans les circonstances que l'on sait. Les gens qui furent interrogés au hasard par les journalistes dirent tous à peu près la même chose : « De toute façon, les partis de tous les bords ont fait pareil, pourquoi remuer des histoires vieilles de quinze ans ? » J'étais blasé. Tout me laissait maintenant indifférent.

Après la mort de mon père, la vie me devait une longue plage de repos, de recueillement méditatif et de silence. Au début, sa présence, son odeur de déodorant musqué, ses mots emphatiques, sa voix flottaient partout. Je ne pouvais pas attendre au feu rouge dans une petite foule de piétons sans reconnaître la ligne de ses épaules ; il m'apparaissait en rêve, s'adressait à moi d'une manière surnaturelle. J'ai même appelé le cabinet – 589-70-78 – avec la numérotation des années 1970 à sept chiffres. C'était complètement absurde et pendant que l'appel sonnait dans le vide, j'entendais mentalement sa voix débiter mécaniquement le message destiné à son répondeur et qui se terminait par : « Attention, c'est à vous de parler. » J'avais fondu en sanglots.

Mais au milieu de ce chagrin naturel montait une angoisse poisseuse, anormale. Il s'écoula une succession de jours où je fus incapable de dominer les troubles les plus inquiétants. Il m'était impossible de détailler les petits événements de mes journées. J'étais absent, en panne, figé. Je craignais de sombrer dans la dépression, les souvenirs de l'asile psychiatrique me terrorisaient. Plus j'attendais, pétrifié, plus de longues branches couvertes d'épines poussaient, elles commençaient à m'entourer les jambes et les bras, me ceinturer le ventre, me couvrir la tête. Je ne faisais rien, la douleur prospérait et je restais dans la plus totale passivité. Le secret de ma grand-mère me revenait peu à peu. L'histoire occultée. Je comprenais ce qui s'était réellement passé. Ces actes que personne autour de moi n'avait jamais condamnés. Les ronces croissaient toujours dans l'ombre en longues ramifications tortueuses. Elles poussaient depuis des années, des décennies. Conserver à cette vieille femme la place d'une vénérable aïeule était le terreau le plus fertile pour cette plante dangereuse qui menaçait de m'étouffer. Les ronces me traversaient et prenaient presque toute la place, elles me vidaient de mes forces.

J'avais bêtement laissé faire, poursuivi la tradition avec mes deux filles. Quand ma grand-mère avait invité notre aînée à dormir chez elle le mardi soir, les jeunes pousses de la ronce avaient commencé à s'attaquer à mes enfants chéris. Allais-je encore rester sans bouger ? Mes enfants étaient toute ma vie. Elle n'avait pas le droit de les salir. Cette révélation transforma soudain mon apathie en rage. Je me réveillai. La petite couchait chez elle une fois par semaine depuis de nombreux mois mais un jour, au moment de lui préparer son sac pour la nuit, un malaise me paralysa. Les épines plantées profondément dans mon corps me torturaient. L'espace de quelques secondes, je fus incapable de bouger ou de respirer. Malheureux et prostré, je me répétais que je n'avais plus le droit de me taire. C'était encore vague et trouble, comme toutes les transmissions aveugles. Les racines de la plante qui me tuait petit à petit à l'intérieur restaient invisibles. Plus rien d'articulé, ni de sensé, ne sortait de ma bouche.

Je voulais m'expliquer en prononçant des paroles raisonnables pour ne pas inquiéter mes filles si jeunes, mais même les mots rassurants de cet ordre ne venaient pas. C'était si difficile d'être à la fois père et enfant abusé. Je ne m'expliquai pas plus auprès de ma femme mais instinctivement Astrid me suivit.

Un peu plus tard, éloigné de mes enfants, je ressentis une colère où la réflexion n'avait aucune place : elle prit le relais. Avec le goût de la manipulation qui la caractérisait, ma grand-mère avait recommencé à semer la zizanie. À plus de quatre-vingts ans. Si je ne faisais rien, elle isolerait ma fille aînée, l'enfermerait peu à peu dans ses secrets immondes, c'était écrit d'avance. Comme elle l'avait fait avec mes frères et avec moi. Ma grand-mère continuait à entretenir son obsession répugnante, même si elle ne se manifestait jamais au grand jour. Il n'était pas difficile d'imaginer qu'elle s'apprêtait à faire avaler à mes filles son vieux poison. J'étais le seul qui puisse agir.

Du jour au lendemain, j'interdis fermement que mes enfants restent seuls avec elle. Les deux petites ne comprirent rien à ma décision. Comment leur expliquer un si brutal revirement vis-à-vis d'un membre de leur famille ? Bien sûr, je ne pouvais pas leur parler de la ronce qui me déchirait intérieurement, leur expliquer une affaire aussi grave et embrouillée. Une histoire qui remontait par ramifications successives jusqu'à l'été 1966. Mais il fallait agir au plus vite, ne pas laisser prospérer ces longues lianes barbelées, ne pas leur permettre de s'étendre sur une génération supplémentaire.

19

Quelques jours plus tard, je m'élançai à l'assaut de la forteresse intime. Cette fois, j'allais couper les ponts avec ma grand-mère. Le printemps arrivait en force, l'air était chaud et doux. Les cerisiers du Japon commençaient à fleurir dans le quartier de la Glacière. J'essayais de me concentrer sur les mots précis et tranchants que je voulais prononcer face à elle. Dix minutes auparavant, j'avais embrassé ma femme et fait mine de partir au travail. Personne n'était au courant de mon projet d'offensive. Je voulais la défier, droit dans les yeux, lui dire qu'elle n'existerait plus jamais pour moi à compter de ce jour. Une boule de rage et de chagrin obstruait ma gorge. J'avais été capable de reconstituer la tragédie de la famille. Elle avait tout manigancé depuis le rendez-vous sexuel qu'elle avait imaginé avec son gendre. Nous avions fini par tuer mon père à force de racontars, de visions hallucinées, de boules puantes, de propos orduriers, d'obscénités – nous l'avions harcelé, poursuivi pendant des années d'une haine passionnée.

Mon cœur battait si fort dans ma poitrine, on aurait dit qu'il se jetait contre ma cage thoracique comme s'il pouvait s'en évader. « Assassins ! Assassins ! » croassaient les noires corneilles qui planaient autour de moi. Une pensée m'était soudain venue à l'esprit, vite devenue envahissante : j'allais fléchir. Dix minutes furent nécessaires pour que l'anxiolytique fasse son effet, un Xanax que j'avais laissé fondre sous la langue, le temps que je sente ma respiration se discipliner, mon pouls se calmer, que les muscles autour de ma nuque se desserrent, que mes épaules se dénouent. Seul le corps parlait, souffrait, se cabrait.

Une courte vision me perturba. Le petit garçon sage et affectueux que j'avais été jadis passa lentement dans la rue, la main glissée dans celle de sa grand-mère, partageant un moment de plaisir et d'indolence avec elle, se croyant élu et protégé à jamais ; le petit revenant croisa l'adulte en colère et assoiffé de vérité. Ces deux-là se reconnaissaient à peine, sinon en ce qu'ils incarnaient les deux extrémités du même effroi. J'approchai de l'appartement où mon enfance avait été saccagée.

— Oui ? fit ma grand-mère.

Je cherchai à déterminer au son de sa voix, si bref soit-il dans l'interphone, les signes avant-coureurs de ce qui allait se passer. J'avais encore peur de perdre pied avant d'avoir eu l'explication que personne dans la famille, ni mon père, ni ma mère, n'avait jamais provoquée. Je voulais lui tendre un miroir, l'obliger à contempler sa face hideuse. Ne serait-ce qu'une fois.

Ma grand-mère portait une de ses tenues d'intérieur habituelles, un legging et un sweat-shirt à paillettes, les pieds enfilés dans des mules fourrées. La température dans son appartement me parut tout de suite étouffante, on crevait de chaud. Le tuyau de l'aspirateur traînait entre ses jambes, c'était l'heure habituelle du ménage. Elle trouvait bizarre que je passe chez elle un jour de semaine, sans avoir téléphoné pour prévenir. En franchissant le seuil de son séjour double, je contemplai une dernière fois le canapé de velours à franges, la table basse en marbre, les petits rossignols de soie. Est-ce que j'entrais dans le nid chaud et sensuel de mon enfance ou dans le monde clos de la folie où j'avais été aspiré ? Je fus pris de vertige, comme si tout ce que j'avais prévu de déclarer ne pesait plus rien, comme si ma mémoire brusquement hémiplégique s'accrochait encore à la part de plaisir qu'avait aussi comportée notre liaison secrète.

— Je suis venu te parler, dis-je avec solennité.

Sans déroger à ses petites habitudes ni se hâter, elle me proposa un verre de Schweppes, ouvrit son frigo. Mon regard s'enfonça dans le couloir noir qui menait à la salle de bains. Je sentais la peur dans mes os. Le mot « souillure » me parut soudain le plus approprié pour évoquer notre rituel. Mais « souillure », elle ne comprendrait pas l'allusion. J'étais sûr qu'elle saurait tout de suite de quoi je venais lui parler si j'étais plus direct.

— Nous avons tué mon père, tu m'as manipulé, incité à le harceler, à le poursuivre pendant des années.

Elle secoua simplement la tête, sourit vaguement. Son attitude équivoque me fit douter, j'avais eu l'illusion que les mots étaient sortis de ma bouche et qu'elle les avait entendus. Une seconde, j'attendis une réaction pour être fixé, mais elle ne vint pas. Je n'avais plus le choix, je devais l'affronter.

— Pourquoi tu m'as fait « ça » ?

Ma voix avait tremblé de colère. Mes propres paroles résonnèrent à ses oreilles.

— Quoi, « ça » ?

— Est-ce que tu veux que je dise le mot ?

— Calme-toi, mon petit.

— Tu connais le mot exact.

— Tu exagères toujours tout... Et tu veux que ça se sache ?

— Oui, je le dirai partout !

— La belle histoire ! Mais tu te couvriras de ridicule. Tout le monde s'en fout. Cela arrive tous les jours à des millions de femmes et tout le monde s'en fout. La douleur des autres, ça ennuie les gens. Au départ, tes amis te font croire qu'ils t'écoutent mais, au fond, ils n'en ont aucune envie. Ils resteront un peu à tes côtés, puis ils passeront à autre chose. C'est la vie.

Quelque chose aurait pu sortir par cette brèche entrouverte. Mais rien ne vint. Elle s'en tenait à ses réponses. Le démon qui l'habitait n'avait jamais paru à visage découvert. C'était la première fois. Quand elle se tut, ma grand-mère me sembla soudain très vieille, une ancêtre. Comment se fier à sa mémoire qui partait en poussière ? Quelle part de lucidité lui restait-il ? Puis elle reprit sa routine sans s'arrêter au visage décomposé de son petit-fils. Elle sortit la bouteille de Schweppes du frigo, me servit un verre alors que je lui avais répété que je n'en voulais pas, tira du placard une boîte de biscuits.

— Tu devrais manger, mon petit...

Un long moment, j'attendis des reproches, des explications, n'importe quoi. Rien ne vint. Juste un vide glaçant dans lequel je tombai. Quand elle reprit la parole, ce fut pour demander :

— Tu passes à la radio, ce soir ?

Je n'avais pas réfléchi suffisamment à la façon de rebondir pour sauver ma peau. Il fallait l'acculer, l'obliger à s'excuser, à me dire qu'elle regrettait de m'avoir manipulé alors que je n'étais qu'un enfant, qu'elle en avait honte, qu'elle n'en dormait pas la nuit. Un instant, je considérai son quotidien abrutissant. Elle vivait enfermée dans la cuisine, entre le ménage et les courses, se mouvait à l'intérieur de petits cycles automatiques, avalait chaque soir un demi-cachet de somnifère pour sombrer dans l'oubli. Elle croupissait dans sa maison de poupée. Autrefois, « l'ange du foyer » ne s'en évadait que par la médisance ensauvagée, par l'excitation à se glisser dans la vie amoureuse des autres, par sa romance rêvée et fiévreuse avec mon père. Mais elle était trop vieille pour poursuivre cette double vie. Seuls restaient les gestes minuscules, aveugles et dévitalisés. Avait-elle seulement vécu une vie digne de ce nom ?

Je tremblais de colère. Ma voix reprit, blanche :

— Tu n'avais pas le droit.

— Le droit de quoi ?

Face à mon insistance à déclencher une vraie dispute, ses yeux s'enflammèrent brièvement et crièrent avec méchanceté :

— Faux jeton !

Dans son système de pensée détraqué, je la trahissais, je salissais la famille. J'avais donné ma parole, et je menaçais désormais de révéler notre histoire partout. Pire, maintenant que j'avais ma vie autonome, que tout cela appartenait à un lointain passé, je gâchais les souvenirs d'une complicité parfaite. C'était elle, la victime, la pauvre victime, l'unique victime. Après un instant d'égarement et d'indignation, mettant toujours dans la balance nos années de secret, elle me fixa d'un regard sombre et hautain :

— Ça suffit maintenant, je vais téléphoner à ta mère !

Sa voix s'était gonflée d'indignation. Elle n'était jamais aussi mauvaise qu'en voulant venger les crimes qu'elle avait commis. Je me mis à crier :

— Tu n'as pas le droit de minimiser comme ça.

— Quoi encore ? Qu'est-ce que je t'ai fait ? Arrête de dire n'importe quoi, de vouloir faire encore des histoires ! Je veux mourir sur l'instant si j'ai fait quoi que ce soit de mal. Je le jure.

— Pourquoi m'as-tu fait ça ?

La phrase la plus énigmatique du monde fut ensuite prononcée, elle avait les yeux vides, le regard qu'elle prenait en chantant « You-you la petite Japonaise » :

— Parce que mon père avait les yeux cochons...

Ma grand-mère était analphabète, octogénaire, veuve. En somme, une victime. Non, il ne fallait pas que je la prenne en pitié, ni que je flanche au dernier moment : autrefois, elle savait parfaitement ce qu'elle me faisait. Elle avait exploité sans aucun état d'âme la crédulité d'un enfant.

Avec une terrible fixité, le regard noir de la vieille femme me fusilla encore une fois :

— J'appelle ta mère maintenant, ça suffit !

Dans une sorte de panique au ralenti, elle fit mine de s'enfuir, poussa la double porte vitrée et passa dans la salle de séjour où les stores étaient baissés. Ici, les meubles avaient disparu sous des housses couleur crème, le lourd balancier de l'horloge dorée battait la mesure avec un discret tic-tac. Et sur une table basse, le grand bouquet de lys en plastique et en tissu que je lui avais offert, quelques années plus tôt pendant ma « période Depardieu », jetait son ombre. Tout était encore en place, tranquille, comme autrefois. À portée de main, le placard à liqueurs de mon grand-père. Elle s'enfonça plus loin encore dans la pièce. Déstabilisé et honteux, je renonçai à la pourchasser, à poursuivre la conversation, à élever la voix ; j'enfilai mon caban, croyant que c'était la bonne conduite à tenir, que les choses avaient été dites. Alors, comprenant que je relâchais la pression, elle jaillit dans le vestibule par une autre porte.

— Tu n'auras rien, je vais te déshériter ! cria-t-elle soudain avec une voix qui dérapait dans les aigus.

J'eus envie de hurler : « Crève ! Tu peux crever ! Je ne veux plus jamais te voir ! Plus jamais... »

Livide, ma grand-mère saisit son combiné téléphonique, reprit profondément son souffle comme si elle suffoquait, voulut composer le numéro de ma mère avec des gestes affolés. J'étais déjà sur le palier, en train d'attendre l'ascenseur. Elle sortit, les traits décomposés :

— Viendras-tu manger la semaine prochaine ? dit-elle, le regard égaré, avant de claquer la porte.

Dans la rue, un besoin urgent d'aller aux toilettes me vrilla le ventre. J'avais les yeux exorbités. Ma vessie allait éclater. Le café, à l'angle de deux rues, distant seulement de cent mètres, me parut inatteignable. Quand même, je n'allais pas pisser contre un mur ou entre deux voitures comme un vulgaire chien. Mon bas-ventre devint dur, en béton. Non, je ne tiendrais pas jusqu'au café. Et si jamais les toilettes du café étaient occupées ? De mémoire, il n'y avait qu'un WC et j'avais vu tant de clients accoudés au comptoir en venant, il était tout à fait probable qu'il soit occupé. D'une seconde à l'autre, j'allais sentir le liquide chaud couler le long de mes cuisses, qui goutterait ensuite jusqu'à mes mollets et salirait mes chaussettes. Un réseau d'émotions primitives s'enracinait dans mes tripes. Les larmes me montèrent aux yeux. Qu'est-ce que j'avais imaginé au juste ? Une guérison miraculeuse et définitive de toutes mes plaies par un simple affrontement verbal cathartique ? Quel naïf je faisais encore ! J'effectuai trois pas dans des contorsions ridicules, les genoux rapprochés, ouvris ma braguette et laissai avec soulagement le puissant jet d'urine jaillir contre un mur dans un sombre renfoncement.

Lors de notre ultime face-à-face, ma grand-mère avait lâché une courte phrase pleine de mystères qui ne lui appartenait déjà plus, mais qui résonnait toujours à mes oreilles. Au fond, je ne savais rien du père aux « yeux cochons » qu'elle avait évoqué, presque à son corps défendant, en ce jour de printemps 2005. Elle l'avait toujours adulé alors que les yeux chassieux de l'homme l'avaient sûrement poursuivie tout au long de sa vie. Un petit portrait encadré dans le couloir de l'appartement de mes grands-parents, datant des années 1930, donnait à voir un type de quarante ans qui en paraissait vingt de plus, efflanqué, dans un costume mal taillé et flottant, arborant une petite moustache timbre-poste à la Hitler. Il souriait d'un air malin, enfantin et allumé. C'était tout, je n'avais pas accès à la mémoire émotionnelle de cet homme mais juste à quelques faits lacunaires : je savais qu'il se nommait Rossi, originaire de Novare, une grande ville industrielle du Piémont. Un Italien, un Rital, un « macaroni », m'avait dit ma grand-mère, qui avait beaucoup souffert de ce surnom qu'on lui avait collé à l'école pendant son enfance. Poussé par la misère et le chômage, Rossi avait franchi les Alpes pour rejoindre son frère et vendre ses bras dans les fermes de la Haute-Loire au début du XXe siècle. Il travaillait comme bûcheron et avait fini par mettre enceinte la fille du fermier qui l'employait. On les avait vite mariés pour faire taire les commérages, légitimer l'enfant et éviter le scandale. Un peu plus tard, ils avaient atterri à Saint-Étienne où il était devenu peintre en bâtiment et avait eu trois filles. Ma grand-mère était la numéro trois, sa « préférée » disait-elle. Il lui avait donné son prénom au féminin : Louise – mais étrangement elle choisirait de ne jamais le porter, préférant son second prénom : Madeleine.

Et que signifiaient les « yeux cochons » ? Ma grand-mère est morte avec son mystère, dissimulant son histoire sous un fin vernis de bonnes manières. Mais après la cérémonie de ses obsèques, nous étions réunis dans le salon de ma mère avec ses cousins. Ces derniers racontaient les anecdotes qui couraient sur Rossi dans la famille. Quand il remontait certaines rues louches au bras de sa femme, les putains le saluaient toutes par son prénom d'un air entendu. Ma grand-mère m'avait raconté qu'elle allait l'arracher le soir aux cabarets où il se saoulait à mort, on l'avait ramené plus d'une fois dans une brouette parce qu'il était trop ivre pour se tenir debout. La misère noire de l'époque. Les « yeux cochons » s'adressaient-ils aussi à ses propres filles ? Avait-il bousculé l'une d'entre elles ? La vénération que lui portait ma grand-mère n'avait pas pu être exempte de dégoût. C'était un revenant surgissant d'une crypte mémorielle. Je me représentais Rossi sous les traits d'un ivrogne vicieux, titubant, les mains baladeuses, toujours après ses filles. Seuls ses gestes déplacés avaient traversé le temps. Louis Rossi était mort au début des années 1930, ma grand-mère avait à peine seize ans et, peu après, mon grand-père l'avait sortie du ruisseau. Je voulais juste ramasser les morceaux de leur histoire, sans faire plus d'hypothèses. Mais qu'on le veuille ou non, les crimes de cet arrière-grand-père étaient arrivés jusqu'à moi et s'étaient gravés dans ma chair.

20

En sortant de chez ma grand-mère, après lui avoir annoncé ma rupture définitive, je m'attendais à recevoir l'appel de ma mère. Son numéro s'afficha en effet sur mon portable dans le métro. Le temps que je me demande si j'étais en état de lui répondre, le signal disparut. Elle rappela dix minutes plus tard, je décrochai en marchant vite dans les couloirs de la station. Après tout, inutile de retarder le moment pénible où il faudrait entendre ses reproches prévisibles. Je tremblais rien qu'au son haletant de sa respiration.

— Qu'est-ce que tu as fait à ta grand-mère ? demanda-t-elle.

— Rien.

Sa voix était d'une tonalité fébrile, aussi paniquée que la mienne. Forcément, elle devait se douter de quelque chose. Que pouvait-elle imaginer ?

— Elle m'a appelée en larmes après ton passage, elle est très choquée, désorientée, qu'est-ce qui s'est passé entre vous ?

— Rien, j'avais besoin de lui parler.

— Et qu'est-ce que vous vous êtes dit ?

— Rien.

Qu'elle n'aille surtout pas s'imaginer que j'avais des regrets.

— Tu sais qu'elle est très vieille, fragile, mon chéri, elle était paniquée que tu viennes comme ça chez elle. Il faut la protéger.

En raccrochant, j'étais en pleine détresse.

Je m'étais convaincu que ma mère avait deviné, sans connaître précisément les détails du rituel, mais qu'elle ne souhaitait pas faire face à un crime aussi impensable. Une chose qu'elle avait toujours eue sous les yeux, sans jamais la voir. De son côté, elle croyait sans doute que je souffrais toujours du deuil de mon père, ce qui était en partie vrai, et que je cherchais à défendre sa mémoire, à venger son honneur, en jetant ses quatre vérités à la tête de ma grand-mère.

De toute façon, ma mère n'avait pas envie de remuer les vieux souvenirs et les secrets, même si elle n'ignorait pas qu'il n'était pas nécessaire d'en parler pour qu'ils reviennent toujours nous hanter.

Pendant les années qui suivirent, nous adoptâmes elle et moi une logique de guerre larvée. Je la soupçonnais de rester sans bouger dans le bunker où elle se terrait avec sa mère. Ma décision de ne plus voir ma grand-mère était mal acceptée par ma famille tout entière. En partie à cause de moi. Tant d'aspects de ma blessure étaient encore largement recouverts par l'amnésie, sommeillaient dans une partie de ma mémoire à laquelle je n'avais que partiellement accès, ces émotions confuses ne pouvaient pas être partagées avec ma mère, ni avec mes frères, ni même avec ma femme. J'avais juste agi par instinct de protection, d'une manière impulsive et désordonnée, surtout pour sauver mes enfants de la malédiction familiale. Mais il n'était plus question de battre en retraite.

Je connaissais d'avance la ligne de défense que ma mère suivrait. Elle avait été programmée toute sa vie pour dresser un rempart protecteur autour de ma grand-mère, lui éviter les coups que lui vaudrait en retour sa perversité. Elle la considérait comme trop fragile, trop vulnérable pour rendre des comptes, et maintenant que la coupable était très âgée et sénile, c'était beaucoup plus facile à argumenter d'une manière rationnelle. Personne n'avait le droit d'y toucher, par décence.

Les deux femmes me paraissaient parfois former un aigle à deux têtes. Elles étaient soudées, avaient leurs propres circuits cachés. Dans un euphémisme que mes frères et moi connaissions par cœur, ma mère rabâchait souvent qu'elle « avait du mal à couper le cordon ombilical ». Pour moi, le plus pénible restait le côté intangible de cette antienne à laquelle ma mère tenait encore alors qu'elle avait soixante-cinq ans.

Son sens du devoir démesuré, héroïque, englobait toute sa vie, lui imposait de tout encaisser, de se laisser faire et l'obligeait à se détourner de ceux qu'elle aimait pour défendre l'indéfendable. Ce sacrifice dépassait tous les autres depuis qu'elle avait promis à mon grand-père sur son lit de mort de veiller sur ma grand-mère. C'était maintenant une obligation morale. Elles feraient toujours bloc envers et contre tous, je le savais bien.

Quand je lui répétai que je ne voulais plus voir ma grand-mère, ma mère me traita d'égoïste, d'immature, d'ingrat. L'air était déjà connu. J'eus pourtant des hésitations. Certaines questions tournaient en boucle et s'affolaient dans mon esprit. Je m'accrochais à l'idée que je protégeais ma femme et mes enfants par réflexe primaire de survie. Moi aussi, je faisais rempart pour préserver les miens. Pour être sûr d'être compris et d'encercler ma mère, il aurait fallu que je raconte à chaque proche mon histoire et, honnêtement, je ne pouvais pas en parler avec la hauteur et le calme requis.

Pendant des semaines après que j'eus rompu avec ma grand-mère, ma mère se tut, ne posa plus de questions. Elle gardait un silence digne pour donner l'impression de lâcher prise, pour faire mine de respecter ma décision. Mais je savais qu'il ne fallait pas s'y fier. Depuis le jour où je l'avais affrontée, elle en appelait dans le secret de son cœur au pardon chrétien, à l'exemple du Christ qui après avoir été giflé tendait l'autre joue. L'attitude du Sauveur n'avait aucun sens pour moi, elle ne servait qu'à décourager les humains par un héroïsme inatteignable. Le silence entre ma mère et moi n'avait rien d'apaisant, c'était un espace où se projetaient ma culpabilité, mes peurs, mes reproches.

J'essayais aussi de deviner ses pensées, un peu comme un joueur d'échecs qui cherche à anticiper le redoutable coup à venir de son adversaire pour le déjouer. Au fond, nous nous connaissions trop bien. Ce silence entêté me permettait aussi de mesurer ses propres blessures. J'étais désolé de raviver le grand drame de sa vie : les gens qui l'aimaient, son mari et maintenant son fils aîné, se détournaient d'elle.

Parfois, elle m'inspirait de la compassion dans son égarement obstiné. Ses mails laconiques contenaient des phrases décousues, des sauts dans la chronologie presque incompréhensibles, elle les voulait mystérieuses, à double sens, à la fois bienveillantes et lourdes de menaces. À l'approche du premier Noël où j'avais refusé de participer à la réunion familiale, ma mère m'écrivit un long mail confus et plein d'une colère froide :

Je crois que ta haine t'aveugle, tu vis dans un monde centré sur ta femme et tes enfants qui ont priorité sur ta famille. Tant pis pour moi !

[...]

Il ne faut pas tirer sur l'ambulance ! Je croyais que tu avais compris que nous vivons avec ta grand-mère une vie proche de l'enfer. Notre rôle est de la sortir tous les jours et de lui donner quelquefois de bonnes raisons de vivre. Elle ne parle presque plus et les stimulations recommandées par les gérontologues sont éprouvantes. Elle est en forme quoique affaiblie par une maigreur sévère, 46 kilos.

En lisant ces mots, je fus frappé de chagrin. J'avais envie de lui hurler que j'étais son fils, que je représentais le présent et l'avenir. Elle savait bien qu'au sein d'une famille comme la nôtre la tragédie découlait d'une grande confusion entre les générations, à commencer par la belle-mère amoureuse de son gendre qui avait tout gâché depuis le commencement. Les silences et les hontes s'étaient transmis au fil des ans. Mais je n'avais toujours pas trouvé le passage étroit jusqu'à ma personnalité. Il me fallait encore du temps. Dans ma famille, l'introspection était toujours passée pour une activité inutile et prétentieuse, même suspecte.

Après la rupture franche avec ma grand-mère, pendant le conflit avec ma mère, le besoin de m'expliquer, de donner un sens, était plus que jamais devenu une obsession. Une question me torturait : pourquoi ma mère défendait-elle toujours ma grand-mère alors qu'elle l'avait vue anéantir des pans entiers de sa vie affective ? Leur relation était-elle librement consentie ou vécue sous une quelconque contrainte ?

marquée par une peur si profonde, une telle terreur qu'il n'était pas envisageable qu'il en soit autrement, quelque chose comme un pacte ou une dette? Cette énigme, ces hypothèses m'occupèrent l'esprit durant des mois, je n'arrivais encore à rien, sinon à tomber dans une sensiblerie extrême qui confinait quelquefois à la niaiserie.

Un après-midi, perdu au milieu de mes pensées douloureuses, je voyageais dans le métro sur la ligne Yamanote qui ceinture l'hypercentre de Tokyo. Assises face à moi, une femme et sa fillette d'environ quatre ans me lançaient des regards furtifs et amusés. L'enfant sage avait profité de la faible affluence pour s'étaler sur les places libres autour d'elle, avec un grand cahier de dessin et une trousse remplie de crayons où elle plongeait la main. Elle s'appliquait à colorier une belle rosace. Le soin qu'elle apportait à chaque trait, la concentration pour ne pas dépasser les contours imprimés me touchaient. Mais soudain, en raison d'une secousse imprévue dans la rame, la mine du crayon de couleur qu'elle tenait se brisa net. La contrariété brouilla aussitôt les traits si sereins de la fillette. Elle éclata en bruyants sanglots, sa mère se précipita sur elle, cherchant avec une gêne démesurée à s'excuser auprès de moi. Je faisais des gestes amicaux pour lui montrer que les pleurs de sa fille ne me dérangeaient pas, qu'elle ferait mieux de la consoler sans me prêter attention. Mais la Japonaise maintenait la main à plat sur la bouche de son enfant pour comprimer les sanglots. Sans que je sache pourquoi, une immense tristesse s'abattit sur moi. Je me dis que j'avais toujours serré les dents et les poings pour ne pas pleurer. La mère continuait à s'excuser, je descendis avant ma station.

Lorsque je tentais de comprendre ma mère, j'avais le sentiment de ne plus la condamner comme elle méritait de l'être. Et chaque fois que je voulais la condamner, je me jugeais inhumain et cruel. Je ne devais pas aimer quelqu'un qui m'avait fait du mal, il fallait juste me respecter.

Un soir, je m'étais ouvert de toutes ces questions complexes auprès de mon meilleur ami. J'étais d'humeur maussade, nous avions perdu une heure entière parce que je m'étais engagé dans une impasse sentimentale où l'on ne pouvait que piétiner. Alors que je sortais de chez lui, une pluie glaciale se mit à tomber, de plus en plus dru. Je ressassais. Après m'avoir longuement écouté, Léo m'avait dit que le mieux pour moi serait sûrement de couper les liens avec ma mère aussi. Si c'était clairement ce qui me faisait du bien, ce qui allégeait mes souffrances, je n'avais aucune raison d'y renoncer. Depuis des mois, mon ami faisait tout ce qui était en son pouvoir pour m'aider, mais rien ne pouvait venir à bout de cette angoisse poisseuse qui m'empêchait de me détacher de ma mère et qui me pourrissait la vie, ce ressassement qui me faisait redouter toujours quelque chose sans savoir précisément quoi.

D'un coup, mes jambes faiblirent, la station de métro me parut hors d'atteinte. La rue à peine éclairée s'estompait sous le crayonnage du ciel. Le pont ferroviaire supportant les voies de chemin de fer qui filaient vers la gare Montparnasse, aux poutrelles trop ajourées pour constituer un refuge protecteur, se dissolvait dans le brouillard. Un petit caniche, insensible à l'averse, s'était mis à laper une flaque d'eau dans le caniveau, avant d'uriner contre un bloc de ciment. Mille sensations étranges me transperçaient. L'idée de quitter ma mère à jamais me bouleversait.

J'eus soudain l'impression de me désintégrer, le mot angoisse n'est pas assez fort pour exprimer cette expérience étrange. Dans un état de terreur avancé, les yeux exorbités, j'essayais de rassembler mes pensées. Mais je ne pouvais maîtriser cette peur intense de me désagréger. Mon blouson s'alourdissait et fut vite si imbibé de pluie que l'eau mouillait mes poches de pantalon. Le tissu collait à la peau de mes cuisses. Je n'étais plus rien. Trempé, trop loin de chez moi et n'osant pas rebrousser chemin pour m'abriter chez Léo car sa femme était rentrée. De grandes gerbes humides et froides montaient des camionnettes qui me doublaient.

En pensant que Léo avait raison, ma détresse s'accrut encore. L'impression d'abandon, d'isolement dans cette rue froide, d'agonie était une expérience limite, comme je n'en avais jamais vécu. La perte de repères, la sensation d'irréalité, la dépersonnalisation, l'incroyable sentiment d'insécurité me laissaient exsangue dans une rue pourtant si familière. Je me délitais. Mon corps savait mieux que moi, il était inutile d'essayer de lui résister. Un instant, malgré mon appréhension, je parvins à laisser le processus s'opérer sans opposer de résistance alors qu'il me semblait que ma vie entière, mes pensées avaient toujours été mises en œuvre pour faire barrage à cette terreur. Nul fléchissement n'avait jamais été permis. La pluie serrée redoubla, je fis demi-tour et sonnai chez Léo, à bout de souffle.

— Excuse-moi, j'ai été surpris par l'averse en sortant.

— Entre.

— J'ai peur de mouiller la moquette et les meubles.

— Ne t'inquiète pas, me dit Léo, sans se soucier de la flaque d'eau qui s'était formée à mes pieds.

J'étais ébranlé, livide. Mon ami m'offrit un thé brûlant et me tendit une serviette pour que je m'essuie les cheveux. Son regard suffit à calmer mes nerfs. Je me sentais en sûreté auprès de lui. Des larmes de reconnaissance me montèrent aux yeux. Un plaisir inouï gagna mon palais. La tasse de thé m'apportait un puissant réconfort, propageait une forme de chaleur maternelle à l'intérieur de mon corps trempé. Je lui racontai tout. D'étranges sensations corporelles se produisaient toujours, un afflux de salive envahit ma bouche. L'absence, le grand vide à la racine de ma vie m'étaient revenus et j'avais réussi à y survivre. En somme, ce que je n'avais cessé de redouter s'était déjà produit, mais il y a très longtemps. J'avais déjà vécu les mêmes émotions face à ma mère, sensations fantomatiques d'abandon éprouvées dans ma plus tendre enfance. Il m'avait fallu toutes ces années pour le comprendre. Pour lui donner sa consistance, sa solidité, il fallait que cette agonie psychique soit au moins reliée à un fait, ou peut-être même à un lignage, une de ces transmissions aveugles auxquelles je crois.

À cette période de ma vie, résoudre l'énigme fut un combat de tous les jours. Pourquoi ma mère ne m'avait-elle pas bercé dans ses bras, dorloté, embrassé, apaisé plus souvent ? Elle m'avait légué l'angoisse en héritage. Toutes ces épreuves que je m'étais imposées pour le cacher. J'avais toujours essayé d'être un bon fils, de paraître brillant, de rendre fière la famille, j'avais toujours espéré retenir l'attention de ma mère. C'était un effondrement, présent depuis les premiers mois de ma vie. J'avais besoin de régresser jusqu'à ces émotions primitives. J'étais un enfant digne d'amour mais ma mère n'avait pas su prendre soin de moi. J'étais privé du calme, de la paix qui donne au tout-petit la certitude d'être aimé. J'atteignis ainsi ma blessure intime la plus profonde.

Quand je ressortis de chez Léo, la pluie s'était arrêtée, je n'avais plus besoin de hâter le pas.

21

Les semaines passaient, ma mère se taisait encore mais je savais qu'elle voulait toujours me réconcilier avec ma grand-mère. Il me fallait regarder la vérité en face : elle restait une étrangère. Lui dire « maman » sonnait faux. Après la mort de mon père, j'avais cherché un point d'appui dans son regard pour ne pas céder au désespoir, mais je n'y avais décelé que de la gêne et du vide. Au fond, être mère l'avait toujours affolée, elle ne savait pas s'y prendre avec un enfant, avec nous, ses enfants. La plupart du temps, accaparée par son travail, elle prétendait qu'elle ne pouvait pas s'occuper de ses fils. Elle se sentait trop maladroite, empêchée, incompétente ; le bébé qu'elle tenait du bout des bras aurait pu chuter, se faire mal, se briser comme une de ces poupées en porcelaine qui lui avaient appartenu, étant petite fille. Ma grand-mère me les montrait lorsque nous descendions à la cave. J'avais à peine le droit de les toucher : ces poupées de collection, froides et pâles. Ma grand-mère n'aurait jamais eu tout pouvoir sur moi si ma mère n'avait pas démissionné, ne m'avait pas laissé entre ses sales mains.

Certaines questions étaient sans cesse reformulées : comment en étais-je venu à accueillir dans la joie un secret si lourd à porter à propos de mon père et à trouver du plaisir dans la surenchère des ragots répugnants de ma grand-mère ? Je ne pouvais m'empêcher de repenser aux patientes du cabinet, à l'attraction qu'elles avaient exercée sur moi. Le monde de l'enfance que j'avais essayé de laisser derrière moi était toujours vivant. Je prenais le couloir du cabinet, tractant au bout d'une ficelle un poisson ventru en plastique rouge dont le boucan attirait l'attention des patients. Quelquefois mon père déboulait, m'attrapait sous les aisselles pour dégager le passage. La bonne d'enfants qui me gardait dans cette enfilade de trois pièces minuscules et mal insonorisées avait du mal à me contenir. La salle d'attente m'aimantait. Le besoin vital d'avoir ces échanges fugaces avec les patients me donnait le sentiment d'exister. Je fermais les yeux, la pièce m'apparaissait si voluptueuse et le regard des dames du cabinet si caressant, elles me consolaient un peu.

C'est un dimanche de 2010, au milieu d'un déjeuner, que l'énigme de l'attachement de ma mère à la sienne fut résolue. Je m'étais mis en retrait pour l'écouter, la regarder en apportant une attention particulière aux détails. Et d'un coup, j'avais cru déceler quelque chose de primordial.

C'était criant – comment ne m'en étais-je pas rendu compte auparavant ? –, le corps de ma mère gardait la mémoire de carences : sa petite taille, à peine au-dessus d'un mètre cinquante, son asthme, son eczéma, sa frilosité. Tout son physique portait les traces de manques de soins, d'affection, d'attention. Carences premières. Nous ne prêtons pas attention aux traces sensibles inscrites dans les corps de nos parents, peut-être parce que nous les avons toujours eus sous les yeux. Pourtant il reste quelque chose de l'enfant et même du nouveau-né qu'ils furent à travers les traits de leur visage, leur allure ou leurs gestes ordinaires.

Il m'avait semblé que ces manques, mais aussi sa confusion mentale, son élocution incertaine, sa conversation décousue, torrentielle et parfois illogique ne pouvaient que résulter d'un choc. Un événement, une effraction tellement violente qu'elle avait déformé son corps et son psychisme, l'avait figée, glacée à jamais. Quelle épreuve avait-elle donc traversée pour être devenue ainsi ?

À mon sens, son corps d'ancienne petite fille comme pétrifié, arrêté dans sa croissance, témoignait d'un affolement, d'une panique, d'un de ces grands états d'anxiété qui désorganisent organiquement une personnalité. J'eus beau y réfléchir longuement, rien dans ce que nous avions vécu depuis ma naissance ne pouvait le justifier. En dépit des nombreux conflits familiaux que nous avions traversés, rien n'avait été assez violent pour expliquer ces dégâts irréversibles sur son corps. Ce choc initial, cet instant des origines, devait être d'une tout autre intensité.

Ma mère avait l'habitude de répéter : « Je suis un pur produit de la guerre. » Il me suffisait de tirer le fil. Pas celui de la Seconde Guerre mondiale en général que j'avais étudiée, mais celui de sa guerre intime et empirique, celle de ses racines. Elle était née pendant ces deux années floues dans le CV de mon grand-père, en août 1942 à Saint-Étienne. Nourrisson, elle avait été entraînée par ses parents dans leur « aventure parisienne » en pleine Occupation. J'accordais toujours autant d'importance à cette histoire, même si tout cela restait encore confus. L'affolement qui avait frappé ma mère, alors un bébé de quelques mois, avait sans doute eu lieu au cours de cette période de leur vie si chahutée ; l'affolement de ses parents s'était inscrit dans les cellules de son corps. Ni protégée ni entourée, ma mère n'était pas tout à fait venue au monde pendant ce périple risqué. Elle était restée chétive, malade, fragile. Pour peser le moins possible. Peut-être permettre la fuite. De graves atteintes avaient mis en danger sa capacité de survie, elle avait souffert de la maladie des croûtes de lait et avait été hospitalisée à Paris. Sans doute ne fut-elle pas touchée, caressée, réchauffée comme elle aurait dû ? Elle non plus. Mais jamais elle ne s'était laissée aller à se l'avouer à elle-même, à le comprendre et à le revivre.

Mes frères et moi, nous avions souvent subi cet empêchement à la tendresse lorsqu'elle fut devenue mère à son tour, sans avoir conscience de ce qu'elle avait traversé.

Ma grand-mère, fragilisée par l'aventure parisienne, avait fait une dépression nerveuse. De retour à Saint-Étienne après la démission de son mari, en courant pour attraper un tramway, elle avait chuté avec ma mère dans les bras. La jambe droite de la petite fille âgée de deux ans avait été cassée. Un malheur supplémentaire pour couronner ces deux années de désastre. La santé fragile de ma mère nécessitait des soins quotidiens.

J'approchais de la résolution de l'énigme. Dans l'esprit dérangé de ma grand-mère, la légende de la dette avait commencé à prendre corps. Toutes les versions inventées de leur aventure parisienne, destinées à préserver leur respectabilité, à cacher la vérité, ont commencé à circuler. Le pouvoir insidieux de ma grand-mère, son talent de falsificatrice, a consisté à réécrire leur histoire. Elle a voulu effacer les faits trop gênants pour ne pas perdre la face à la Libération. Son génie a permis d'inverser des rôles, elle a usé du grand pouvoir de retournement dont elle était capable. Pour repousser l'immense culpabilité, la tristesse paralysante qui fondait sur elle chaque fois qu'elle se disait qu'elle avait abandonné sa fille au milieu des peurs, des tourments et des drames de la guerre, elle avait commencé à lui répéter sans cesse : « Tu me dois tout. Sans moi, tu serais peut-être morte pendant la guerre, avec les privations. Tout ce que j'ai pu, je l'ai fait pour toi ! » Plutôt que d'assumer ses errements, elle l'avait enfermée dans ce nouveau récit inventé, celui de son dévouement héroïque pour soigner sa petite fille malade. N'avait-elle pas passé toutes ses nuits à son chevet, et plus tard, dans les années 1950, ne l'avait-elle pas accompagnée à d'innombrables cures médicales dans toutes sortes de stations thermales pour soigner son asthme ?

Ma grand-mère avait persuadé sa fille qu'elle n'aurait pas survécu sans son sacrifice de tous les instants. Elles s'étaient progressivement soudées autour de ce mensonge, alors qu'il n'avait jamais été question d'amour entre elles mais de peur du vide, de chantage et de terreur. En victime consentante, ma mère n'avait jamais souhaité voir sa servitude dénoncée. Dans sa bouche, cela donnait ces mots simples : « Toute ma vie, j'ai porté ma croix. » D'une certaine façon, avec tous ces ascendants pétris de bons sentiments chrétiens, nous avons vécu une tragédie sur toute la ligne.

La vérité crevait pourtant les yeux. Ce n'était pas ma grand-mère qui avait sauvé ma mère. Mais l'inverse : ma mère lui évitait en permanence la chute, la dépression, elle la portait à bout de bras, la retenait au bord du vide. Depuis toujours. Ma mère avait grandi dans la confusion et la dépossession de soi, sans avoir la moindre idée de qui elle pouvait être, ni de la liberté à laquelle elle avait droit. Au bout du compte, si j'étais honnête, elle ne méritait pas d'être détestée, ni condamnée, mais plutôt d'être plainte.

Esclave de sa mère, de peur de répéter la même terrible emprise, la mienne ne s'était jamais autorisée à nous aimer tout à fait, mes frères et moi. Déléguant à d'autres le soin de nous nourrir, de nous laver, de nous habiller, elle croyait nous donner la plus grande preuve d'amour : ne pas prendre le risque de propager ce mensonge toxique avec lequel elle avait toujours vécu.

Mon frère cadet, décidément doué pour les formules, m'avait dit un jour :

— Maman s'avance comme un petit somnambule sur un fil tendu au-dessus du vide, il ne faut surtout pas la réveiller.

En un sens, ma mère ne vit pas, elle endure sa vie, croyant aux forces muettes, aux anges et aux miracles. C'est une immense différence avec moi. Elle n'a jamais pensé qu'il lui était possible de s'opposer à sa mère, à son mari ou à quiconque. À quoi bon la liberté ?

22

Sous un grand soleil d'hiver, en traversant le cimetière du Montparnasse, je m'étais retrouvé devant la tombe de Jacques Chirac. Des bouquets de fleurs fanées et des pommes pourries avaient échoué sur la grande dalle de marbre. Je ne connaissais personne dans mon entourage qui ait souhaité lui rendre un dernier hommage. Voilà dix ans qu'il vivait planqué dans les palaces exotiques et les résidences de luxe de ses amis milliardaires, malade au point de n'être plus qu'un vieux monsieur au pantalon remonté sous les aisselles, aux gros yeux fixes, sans filtre, capable de se jeter sur la première paire de seins qui lui passait sous le nez. On n'avait pas le droit de le montrer faible, de salir son image.

Une sorte de colère me saisit. Avec le recul, il m'avait semblé, petit garçon, que les corps de tous les hommes appartenaient à Chirac. Des corps virils, confisqués, dont il pouvait faire ce qu'il voulait. Le président de la République, le grand homme apportait sa protection à tous, à condition qu'ils bossent comme des dingues, qu'ils se battent pour la France, qu'ils ne demandent pas de trop grands changements, qu'ils servent les intérêts des autres. C'était inouï, sa force de suggestion. Bien sûr, Chirac roulait pour toute une bande, de grands patrons, d'actionnaires, de rentiers qui étaient les vrais gagnants, ceux-là mêmes qui avaient mis leurs appartements à son service pour abriter ses derniers jours. J'étais las. Devoir suivre ces modèles épris de réussite, même si je n'en avais pas envie, devoir se comparer, se dire qu'on n'arrivait pas à la cheville des plus grands. Pourtant une majorité masculine y croyait toujours dur comme fer. C'était fou ! Les hommes tendres et doux se la bouclaient encore. Je sentis alors que j'étais complètement sorti de cette enfance de la pensée qui peut durer toute une vie et dans laquelle on risque d'être manipulé.

23

J'écoutais à la radio le témoignage de cet homme qui avait tout perdu dans la vague *Balance ton porc*. Ni travail, ni mariage, il n'avait plus rien. Juste le lien avec ses filles, sauvé in extremis. Il venait d'écrire un livre pour raconter sa descente aux enfers. Il avait eu l'idée stupide, une nuit d'ivresse, d'envoyer un SMS consternant à une jeune femme inconnue qu'il avait draguée dans un cocktail professionnel : « Tu as de gros seins. Tu es mon type de femme. Je vais te faire jouir toute la nuit. » Cette femme venait d'être condamnée pour avoir donné le malotru en pâture sur les réseaux sociaux. Et certains avaient tout mélangé, incapables de faire la différence entre la goujaterie et la gravité des crimes de violeurs multirécidivistes.

Je trempais mes tartines placidement dans mon thé. En écoutant son acte de contrition, j'oscillais entre plusieurs émotions. La surprise navrée en constatant qu'il existait encore des spécimens pareils, à l'ancienne, des bourrins absolus, peut-être d'anciens camarades de lycée, les brutes du foot. Mais aussi l'agacement d'entendre la voix onctueuse de la journaliste en train de parler « des hommes ». Pour la première fois, je me sentis appartenir à la grande masse silencieuse. J'étais bien porteur de l'empreinte de cette avidité masculine, voire de cette agressivité sexuelle valorisée à toutes les étapes de ma jeunesse. Le seul fait de le reconnaître me réclamait un douloureux travail sur moi-même et éveillait un fond de culpabilité intense. Les types comme moi qui avaient été à la remorque de la virilité triomphante, qui n'avaient jamais adhéré à la domination du patriarcat, étaient troublés par ces histoires. Certains hommes de mon âge en profitaient pour essayer d'inverser les rôles, c'était vraiment grotesque. Bien entendu, les femmes restaient les premières victimes des grossièretés sexistes, des viols, des assassinats. Il fallait que des changements radicaux, politiques aient lieu. Mais honnêtement c'était trop, le débat ne prenait pas la bonne direction ; il était temps que des hommes ordinaires, dans la moyenne, s'expriment, qu'ils n'aient plus honte et qu'ils racontent leur trouble, qu'ils disent qu'ils étaient paumés, qu'ils avouent leur difficulté à penser le féminisme radical, celui de leurs filles. Certaines pensées rétrogrades que je n'aurais jamais formulées devant personne me faisaient quelquefois du bien, elles permettaient de relâcher la pression ; à d'autres instants elles me dégoûtaient, d'autres fois encore elles me faisaient réfléchir, évoluer, changer. Par moments je me sentais plein de force, à d'autres, les efforts que réclamait cette lutte intérieure me faisaient perdre l'espoir de voir advenir une pratique masculine qui ne ferait de mal à personne. Je me demandais si déballer tout ce chaos intérieur pourrait être audible ou servir à quelque chose.

Un jour, curieusement, j'ai senti que j'allais vraiment mieux. N'ayant pas envie de déjeuner à la cantine avec mes collègues, j'achetai un sandwich et montai dans une rame de métro sur un coup de tête. Mes yeux suivirent la liste des stations et s'arrêtèrent sur Louvre-Rivoli, je décidai aussitôt d'aller traîner au musée pour me changer les idées. Sous la pyramide de verre, dans le grouillement des visiteurs, des élèves, des colonnes de touristes étrangers en blousons bigarrés, mon humeur indécise fut encore plus troublante, je ne savais pas m'orienter dans cet immense carrefour pavé de marbre beige.

Un peu plus tard, j'errai dans l'aile Sully, au deuxième étage, au département des Peintures françaises. Il y avait trop d'œuvres, accrochées à toutes les hauteurs, pour que je me fixe sur l'une d'entre elles en particulier. Qu'est-ce que je venais chercher au juste ? Mes yeux glissaient des *Funérailles de Miltiade* aux *Adieux d'Hector et d'Andromaque*, d'un cheval attaqué par une lionne à *Hamlet et Ophélie*, d'une chaumière normande à un marais des Landes, quand mon regard désabusé tomba sur les patientes de mon père, les femmes du cabinet tout droit sorties de mon enfance. C'était étourdissant qu'elles soient là.

Une vingtaine de femmes nues se pâmaient sous mes yeux. La mieux éclairée me tournait le dos, sa chair avait la couleur la plus chaude, la peau la plus veloutée. Elle tenait une mandoline, tandis qu'une autre jouait du tambourin. Sur la gauche, une de ces beautés, plus petite, était agenouillée, la tête basculée en arrière, et d'autres au fond étaient cambrées, alanguies, esquissaient des pas de danse, certaines se serraient joue contre joue. Leurs longs cheveux étaient garnis de perles et de rubans. Au premier plan, il y avait une adorable petite dînette, peut-être des huiles essentielles, de l'encens ou des épices dans une coupelle.

J'avais déjà vu le testament érotique de Jean-Auguste Dominique Ingres, mais jamais avec ces yeux-là. C'étaient bien les patientes de mon père, j'avais éprouvé en les découvrant le même frisson, la même impression fugitive et clandestine qu'en apercevant dans l'interstice de sa porte une femme en petite tenue, allongée sur sa table de massage. Je n'avais jamais voulu prolonger mon enfance mais je n'avais pas oublié pour autant le petit garçon émerveillé que j'avais été. Pour la première fois, les dames du cabinet n'exerçaient plus sur moi une excitation mêlée à une répulsion excessive, ni la moindre concupiscence, quelque chose de bas et de sale. Bien qu'elles apparaissent avec l'attrait du fruit défendu, elles dispensaient une harmonie, un équilibre et même un rayonnement charnel dans une atmosphère ouatée et sereine. Admirer cette toile me transformait ou plutôt me permettait de prendre conscience de ma transformation vis-à-vis des femmes. Le tableau d'assez grande taille, avec son cadre circulaire, en tondo disent les connaisseurs, digne des œuvres de la Renaissance italienne, donnait l'impression de lorgner ces femmes nues à travers un trou de serrure. Et de n'éprouver aucune culpabilité en retour. Ingres avait peint cette œuvre à plus de quatre-vingts ans. C'était le rêve ultime d'un vieux maître coquin. Il n'avait jamais mis les pieds en Orient et bien sûr, aurait-il visité le Levant qu'il n'aurait pu être admis dans l'intimité d'un harem. Il n'avait pas peint non plus d'après des modèles vivants, se contentant de recycler les esquisses utilisées pour d'autres œuvres, et surtout les écrits d'une femme avaient enflammé son imagination. Ceux d'une grande aristocrate anglaise, épouse d'un ambassadeur nommé à Istanbul et chargé par le roi George de négocier la paix entre les Autrichiens et la Sublime Porte. Elle avait raconté son périple, entre 1716 et 1718, dans cinquante-deux lettres, des « turqueries », très en vogue à l'époque, qui connurent un grand succès. Cette femme libre était un phénomène qui visita Sainte-Sophie déguisée en homme, risquant sa vie à chaque pas. Elle se passionnait pour les lieux fermés, interdits. La lettre qui avait inspiré Ingres relatait le jour où elle s'était glissée incognito, habillée en amazone, dans le *banio*, le bain turc de Sofia en Bulgarie où s'ébattaient deux cents femmes ravissantes, des « créatures plus extraordinaires que vous ne sauriez l'imaginer », écrivit-elle. Dans ce paradis à l'humidité frôlant les cent pour cent et à la température montant jusqu'à 50 °C, la lady londonienne s'était soudain rêvée en sultane, s'était mise à envier le sort de ces femmes orientales, tellement plus libres de leur corps. L'une d'entre elles l'avait invitée à se déshabiller mais l'Anglaise n'était pas parvenue à dénouer son corset, l'instrument de torture des femmes de la haute société à l'époque.

Dans ce tableau, Ingres n'avait rien peint d'explicitement sexuel mais juste l'ombre portée du désir, l'étreinte promise et sans cesse évitée dans le regard du voyeur. Cette tension avait quelque chose de sublime. Cela me parlait : cette pulsion insatisfaite car impossible moralement, et détournée de son but initial, changeait d'objet pour devenir un chef-d'œuvre ultime de la peinture. C'était paisible.

Je me souviens très bien de la douce euphorie qui m'avait gagné en retraversant la galerie d'Apollon. Quoi de plus inespéré, après une jeunesse comme la mienne, qu'un pareil rassérénement ? Je n'ai cessé depuis lors de rechercher la même émotion esthétique. Ma douleur, l'effraction de ma grand-mère dans mes fantasmes, cette présence détraquée, s'est peu à peu transformée en grâce. D'autres peintres, Degas, Hopper, Corot, Lucian Freud, m'ont sauvé. Ils m'ont appris à regarder sans ciller les corps nus des femmes, à en inspecter les plis, les lumières, à deviner les ondes qui les parcourent. La laideur des propos de ma grand-mère, sa perversité s'estompaient au profit de la beauté. Cette possibilité s'était esquissée devant l'atmosphère calme, ordonnée et hédoniste du *Bain turc*.

Ma grand-mère, celle que nous surnommions la Cul-singe, est morte il y a trois ans. Choyée dans une confortable maison de retraite, elle fut jusqu'à quatre-vingt-dix-neuf ans entourée de tous les soins. Après avoir voulu protéger notre amour de toute oreille étrangère, j'avais essayé, comprenant que j'avais été trahi et maltraité sur toute la ligne, de l'enterrer définitivement. Je croyais que j'allais être libéré d'un coup ; je l'avais fait sortir de ma vie depuis une dizaine d'années. Je ne ressentais plus rien pour elle, j'avais même pu assister à ses obsèques sans craindre ce répugnant sentiment de confusion dans lequel elle m'avait enfermé. Mais je ne m'étais toujours pas expliqué, ni peut-être compris. Pourquoi avais-je besoin de me souvenir des épisodes cruels et douloureux qui avaient ponctué le roman familial ? À quoi bon ? Pour rétablir la vérité ? la justice ? Pour comprendre ce qui composait la vulnérabilité de tout homme ? Ou plus simplement pour me libérer et oublier vraiment cette tragédie ? Les souvenirs sont fugaces, fragiles, ils ne renferment pas de réelles connaissances, seulement des émotions et parfois des émotions orphelines, je veux dire par là qu'elles vagabondent en soi sans qu'il soit jamais possible de les relier à des scènes ou à des jours précis.

Après son enterrement, j'ai commencé à me tourmenter, à fouiller ma mémoire. Une clarification demeurait indispensable. Je me suis mis à tourner en rond en me demandant si j'aurais un jour le courage d'écrire sur cette femme ou plutôt sur notre secret. L'incompréhension, les réticences de mes proches, tout ce qu'il me faudrait affronter s'est d'abord dressé telle une falaise infranchissable. Enfin, cette mise au clair, je me suis rendu compte que je l'espérais. Je savais que j'allais devoir affronter à nouveau ma plus grande peur, l'équivalent du noir le plus profond pour les enfants, l'épouvante d'être mis à l'écart et peut-être abandonné. En un mot, transposé dans un langage d'adulte, la terreur de ne plus être admis dans les normes communes.

Un matin, j'eus une révélation. Mon regard d'enfant émergeait des années sombres, l'ébahissement face à tout ce que je découvrais m'ouvrait un chemin d'écriture. Je me réveillai avec une certitude : quelqu'un me comprendrait. Quelqu'un que je ne connaissais pas. Ce serait même tout l'inverse de l'abandon. Une forme de communion, de partage autour des mots. Ce que je croyais inavouable et indicible pouvait être écrit, et reçu par un autre. Je me suis assis à mon bureau et, poussé par un sentiment d'espoir encore assez vague, je me suis dit qu'il fallait essayer de transformer ma blessure en acte créateur.

Mis en pages par DV Arts Graphiques à La Rochelle,
cet ouvrage a été achevé d'imprimer sur Roto-Page
par l'Imprimerie Floch, à Mayenne,
pour le compte de S.N. Éditions Anne Carrière
57, rue Gaston Tessier – 75019 Paris
en octobre 2021

Imprimé en France
Dépôt légal : octobre 2021 – N° d'édition : 1053
N° d'impression : 99164